雖然店長少根筋

早見和真 著

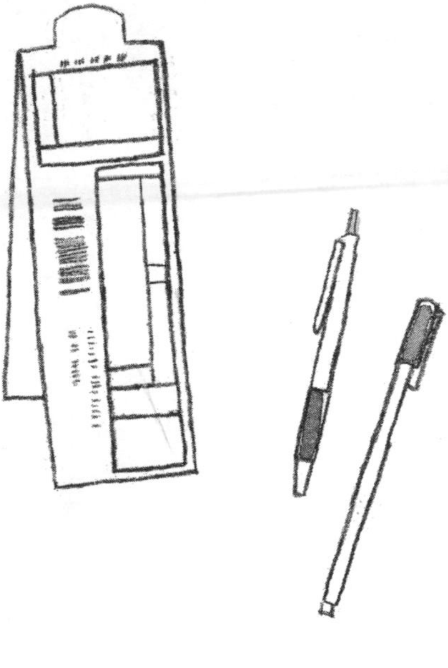

作者給臺灣讀者的話

臺灣的讀者大家好。

我是日本的小說家，早見和真。

在本書前，我過去也有意識亞洲以及世界觀點所創作的作品。

但這次，原以為是最偏向日本國情的《雖然店長少根筋》，不知為何被翻譯成最多種語言，飛向臺灣和海外。

這是個在日本東京一個叫做吉祥寺的地方，關於一間小書店的故事。

我相信，雖然是小書店的故事，卻也是個非常普遍、關於人們的大故事。

小說的關鍵字是「鄧麗君」。

希望可以成功將這個關鍵字的語感和涵義傳達給各位。

目錄

第一話　雖然店長少根筋

當我發現店長一如往常的長篇大論使我比平常更加不耐煩時，想起我的生理期就快到了。

今天從起床開始就很焦躁，頭痛欲裂，完全無法爬出被窩。我呻吟著起身，洗臉臺鏡子裡，映著一張腫得像豬頭的女人臉孔。

昨天晚上我應該喝得很開心。我和大學時期為數不多的幾個朋友，一起在老家位於神樂坂的小餐廳「美晴」喝到三更半夜，也不管隔天會因為嚴重的水腫和頭痛所苦，昨天的我還真是悠哉。我壓著眉心對頭痛很有效的穴道，卻從來沒有因為按壓這裡而舒緩過疼痛。

「怎麼了，谷原京子？妳有認真在聽嗎？」

店長向我問道。不知道是不是覺得這樣很有趣，這個人習慣連名帶姓喊員工。

武藏野書店吉祥寺總店引以為傲的「不」能幹店長——山本猛，全身上下只有名字很威武，在讓人不耐的意義上露出了滿分一百分的笑容。

獲工讀生評為「很溫柔」的山本店長在他們之間也頗受歡迎，同時則讓正職和約聘員工覺得「很輕浮」，徹底被瞧不起。傳聞，店長今年要四十歲了。會說傳聞是因為我對店長完全沒興趣，講極端一點，無論他三十歲還是五十歲都與我無關。

瘦巴巴的店長凜然挺起他那隔著襯衫也能看見肋骨的胸膛，再次將目光轉到員工身上。

「那個——我昨天也說過了，明天或後天應該會有寶永社的訪客來找我，他們可能會去櫃檯，請應對的人再跟我聯繫。」

店長一臉滿足地重複昨天朝會上說過的事，實際上昨天的說詞是「後天或大後天」。不只今天這件事，店長的話從來都沒有意義。如果寶永社的人明天或後天會來的話，明天或後天再講就好。

不，本來在營業時間有誰來問：「店長在嗎？」的話，任何人都一定會正常地聯絡他。

上午九點四十分——在書店平常就已經忙死人的早上，每天、每天都要把時間花在這種沒用的事上，已經超越傻眼無言的境界，讓人感到到佩服了。

山本店長從以前就是對朝會特別起勁的人，說到這，聽說他最近極度沉迷自我啟發書籍。如果他因此導入那種偶爾會在深夜電視紀錄片裡看到的傳統，在朝會上大吼「謝謝你！」「謝謝你！」；「謹遵吩咐！」「謹遵吩咐！」；「爸爸、媽媽，謝謝你們生下我！」「謝謝你們生下我！」的話，我就真的不要在這種店工作了。

入庫的書還沒上架完畢，我在心中默唸著「快結束」、「快結束」。但就像在嘲笑我一樣，店長露出得意的表情，舉起交叉在身後的右手。

「那個，我今天早上上班時買了這本書，雖然目前只是大略翻了一下，但裡面似乎寫了一些很有意思、很有用的內容。不介意的話，也請大家看看這本書，有興趣我再借給你們。」

身為書店店長竟然毫不在意地說出「借書」兩個字，這種精神實在令人火大，決定性地缺乏回饋作者的意識。

還有更讓人生氣的事。我最不能原諒的，是這個人明明身為書店店長卻沒看過什麼書。

店長自信滿滿拿著的那本書作者叫竹丸 tomoya，不知道從事什麼工作，是幾年前大賣特賣的商業書。

如果要比喻的話，就像是負責文藝書的我面對顧客詢問：「最近有什麼推薦的小說嗎？」時，驕傲地建議對方看《哈利波特》一樣。雖然那樣或許也沒什麼不好。

但我就是看不慣店長那毫不迷惘的表情。我打破沉默，吐了一口氣，再次瞪向店長手中的那本書。

內心升起一股想連竹丸 tomoya 一起揍下去的心情。

《為沒有幹勁的員工種下服務精神 優秀領導人的77個法則！》

誰要看啊，白痴——！

一大早心情就差到極點。開店前五分鐘，我急急忙忙結束剩下的上架工作，走進早上負責的櫃檯，仔仔細細按摩臉部。

「谷原，妳有點太焦躁了。怎麼了，生理期嗎？」

儘管應該還有自己的工作，比我大七歲的正職員工——小柳真理不知為何來到我身邊。

小柳的肌膚光澤令人完全想不到她三十五歲了，剛進來的工讀生十個有九個會以為我才是前輩。就連同樣樸素的苔蘚綠工作圍裙穿在小柳身上，看起來都像北歐製品。

小柳是這間店少數的良心。

我過去少說有十次左右是真心想辭掉這間店的工作，而其中少說也有九次是小柳說服我改變離職的心意。

「不，還沒到吧。因為妳這傢伙跟我的生理期週期幾乎一樣。」

小柳自顧自地說著，淺淺一笑。一早就開始的不耐消失得無影無蹤。無論是喊我的姓或是「妳這傢伙」，只要出自小柳口中就讓人高興。我知道這是偏心，如果店長對我說一樣的話，我一定輕易就會大吵大鬧「性騷擾！」

某次，我和小柳在同個時間點壓著同個眉心穴道時，知道了我們兩人月經的時間幾乎一模一樣，僅僅是這樣就令我打從心底歡喜。我邊回想邊悄悄嘆了口氣。

「是啊，生理期還沒到。」

「那是店長嗎？」

「店長？」

「不是嗎？」

「店長怎麼了嗎？」

「嗯——太蠢了？」

我愣愣地張開嘴巴抬頭望向小柳的側臉，忍不住笑出聲。

「唉呀唉呀，雖然也是啦。但他又不是只有今天才那樣。」

店長有種神奇的特質，如果聽到自己以外的人說他壞話，就會立刻興起想保護他的心情。

深知這點的小柳嗤笑了一聲：

「那妳在氣什麼啊？妳會在櫃檯按摩臉大都是為了平息怒氣不是嗎？」

啊啊，我再次感受到「就是這個」……我有個理論——無論對職場有多麼不滿，只要有一個人理解自己便能再撐下去。

儘管不討厭傍晚店裡顧客盈門的熱鬧時光，但我最喜歡開店前空氣暢通的書店。柔和的晨光自面東的窗戶灑入，微微飛舞的塵埃閃閃發亮。

我輕輕點頭。

「小柳，妳看大西賢也的新書樣書了嗎？」

「嗯？是很久之前往來館送來的那個？」

「對。那本書下週就要上市了。」

「這樣啊。不，我完全沒看，也不打算看。」

「我也是。雖然我也是這樣想，但我最近看了一下，結果很不怎麼樣。」

「果然？那本書感覺就散發一股不太妙的氣息啊。」

「書名叫《早乙女今宵的後日談》。妳知道那是以書店為背景的故事嗎？」

「不知道。」

「這也沒什麼，但真的很誇張。故事在講一個筆名叫早乙女今宵、從來沒有公開露面過的前暢銷作家，有感於自己才華的極限，封筆後隱藏身分，成為一名書店店員。」

「欸，好像有點有趣。」

「真的嗎？我看到這個地方就已經火大得胃痛了。夢想破滅的小說家哪會在書店工作啊？到底知不知道書店店員的薪水很微薄啊？雖然這樣，我還是試著忍耐看下去，結果別說是胃痛了，胃裡的食物都要吐出來了。」

「為什麼？」

「書裡感覺所有人都閃閃發光，工作活力四射，早上起床會說什麼『今天也能在最喜歡的書店工作！』不，這也就算了，或許真的有那種店也有那種人吧，沒什麼大不了的。可是，也有一些讓人絕不能忍受的事。」

「什麼事？」

「那間閃閃發亮的書店很無所謂地發生了殺人案。然後，雖然經歷了一些事，還是由早乙女解開所有謎團。還有就是馬上會有某個人陷入愛情，至於早乙女則是有個過去曾經是她競爭對手的帥哥作家來店裡開簽名會，雖然帥哥作家對早乙女一見鍾情，但早乙女沒有向對方表明自己的真實身分拒絕他了。早乙女拒絕作家，打算跟店長交往，說：『只有這個人真正理解我的本質。』而店長則是說他之前就察覺到早乙女的真實身分了。」

「怎麼察覺的？」

「就是這個。他說因為主角解決店裡案件的推理手法，似乎就是早乙女今宵勾勒出的推理世界。還有另一個原因是，他察覺到兩人的名字是變位字謎。」

「變位字謎？」

「對。女主角叫榎本小夜子，羅馬拼音是『EMOTO SAYOKO』。」

「嗯。」

「店長說，將這些字母交換後，就會變成『SAOTOME KOYOI（註1）』。」

「哦，原來如此，好厲害。」

「少了一個『I』。」

「咦？」

「榎本小夜子的名字裡根本沒有KOYOI的『I』！但是，書裡完全沒有提到這點，很過分吧？不覺得很傻眼、很不可思議嗎？」

我一口氣滔滔不絕地抱怨。在小柳「噗！」地笑出聲之際，店裡響起了宣告開店的〈音樂盒舞者〉樂聲。

上了年紀的常客們同時湧了進來，我卻還沒平復激昂的情緒。我瞄向小柳，將自己代入劇情裡思考。

店裡發生不可思議的殺人案？

店長展露犀利的推理能力？

作家對書店店員一見鍾情？

店員毅然決然地拒絕作家？

註1 為「早乙女今宵」的日文羅馬拼音。

因為店員喜歡店長？

然後可喜可賀，兩人墜入情網？

噁——呸！

好噁心！

根本不可能！

「不過，總之妳全部看完了吧？」小柳問心煩的我。

「沒錯。就是這個，感覺像被迫看完一樣。」

「妳會寫推薦文嗎？」

「不可能不寫吧？」

「嗯，畢竟是往來館，也是。」

小柳拉回視線，我也隨著她將目光轉向店內。我們工作的「武藏野書店」店名毫無深意可言，顧名思義，就是以東京武藏野地區為中心，擁有六間分店的中型書店。

我們身處的總店基本上位於吉祥寺，但距離聚集了好幾間大型書店的吉祥寺車站必須走十分鐘左右的路程，與商店街相隔一條街，地處偏僻，僅僅只有一百二十坪左右。

儘管是這樣不上不下的書店卻能彰顯一定的存在感，有兩個理由。

其一，我們有堅強的次文化客群。吉祥寺曾有間名叫「BAUS 戲院」的電影院，當時的書店負責人目標將電影院觀眾一網打盡，策略成功後，即使現在 BAUS 戲院熄燈，也仍有一定的次文化粉絲支持我們。

另一個理由則正是站在我身旁的小柳。儘管本人謙稱是「新手運」，但小柳曾寫過一篇精準的推薦文，讓某本書在全日本瘋狂大賣。

這件事之後，許多出版社想拜託小柳。當時，到處可以看到「小柳真理」這個和「武藏野書店」一起並列的文字。不僅是書腰、文庫本的導讀，還成了報章雜誌和電車內的懸掛廣告。就連還是學生的我也都知道小柳的名字。

不，不只是這樣，我最喜歡小柳寫的文章了。她的文章溫柔，散發出對書籍的愛，一看就知道不是因為和出版社往來或是跟業務有關係才稱讚。她推薦的書我都會毫不猶豫地購買。儘管還沒跟本人提過，但我會選擇在武藏野書店工作也是因為小柳的關係。

話雖如此，但我起初並沒能和小柳一起共事。身為約聘人員的我一直在總店工作，正職員工小柳調來則是三年前的事。那時，我對小柳說：「我一直很仰慕妳。」雙手顫抖，無法直視對方，行為舉止可疑得不得了，小柳卻對我超乎想像的溫柔。

不只是工作，從如何看書、選書，到如何閃避令人火大的上司，只要開口詢問，她什麼都願意教我，偶爾也會帶我去吃飯。

漸漸地，小柳開始讓我看出版社送來的樣書——書籍出版前的列印稿。剛開始，我單純地為能看到上市前的作品而喜悅，不論是否是自己喜歡的作家，什麼書都看。

我大概一輩子都不會忘記，自己的文字第一次被用到推薦文的那天。那本書叫《前所未有的伊甸》，是與我同年的作家富田曉的出道作。

當時，小柳把樣書給我說：「來，這是練習。試著寫點東西，什麼都可以。」然後偷偷將我生澀不已的感想交給了出版社業務。

儘管直到最後我都抹不掉「我這種人算什麼……」的心情，但「谷原京子（武藏野書店吉祥寺總店）」這幾個字讓我既難為情又驕傲。最重要的是，《前所未有的伊甸》是部實實在在的優秀作品。我無法不祈禱這本書能因為自己寫的推薦文而多賣一本。

當然，雖不到《早乙女今宵的後日談》那種程度，但當時的我閃閃發亮。無論是能夠早早看到作家的新書，還是出版社用了我的感想，什麼事都很新鮮，打從心底感到喜悅，誤把小柳疲憊的姿態當成天生憂鬱。回想起來，那時還真是悠哉。

「不過，不管我有沒有交推薦文，那本書都會賣吧？」

我站在始終沒人光顧的收銀機前，厭煩地低喃。小柳沒瞧我一眼，敲著店裡擺在櫃檯的公用電腦開口道：

「嗯，畢竟是大西賢也的新書，什麼都不說也會賣吧。」

「那個人的書到底有什麼好呢？」

「誰知道呢，不是因為很好懂嗎？」

「就是典型大叔寫的作品，裡面一堆女人，每個人都很剛好地配合主角。」

「這就是好懂的地方吧？」

「嗯——我覺得市面上還有很多其他可以賣得更好的書。」

大西賢也是當代首屈一指的暢銷作家，和早乙女今宵一樣從未公開露面，行銷手法非常神祕，但寫的東西卻恰恰相反，確實都很好懂，有種無論男女老少都會成為他小書迷的印象。即使在武藏野書店，只要是大西賢也寫的書，必定會登上暢銷排行榜前幾名，根本不需要我交推薦文。

此外，我也很不滿這本新書是由往來館出版。雖然我很想相信往來館不是因為自己是業界大出版社的關係才這樣，但總而言之，他們的業務態度非常驕傲。這次也是，一聲招呼都沒打就單方面送樣書過來，一副「你們等很久了吧？這是大西賢也老師的新書喔」的樣子。

一名常客遠遠地走了過來。是個總是會挑我們毛病，很麻煩的客人。

雖然應該不是注意到這件事，但小柳「噠」的一聲，用力敲下電腦的Enter鍵，故意說了聲：「接下來……」

就在小柳打算離開櫃檯時，她像是想起來似地回頭道：

「啊，對了，谷原，妳今天晚上有空嗎？」

「今天嗎？嗯，有空。」

「這樣啊。那我們去喝一杯吧，我有話想跟妳說。」

小柳大約一季會邀我吃一次飯，不過，她一定會在一週前約好行程，印象中從來不曾像今天這樣突然當天提起。

最重要的是，我很介意她那似乎在假裝平靜的態度。「有話想說」……小柳曾經跟我說過這樣的話嗎？「那個，小柳——」

「大姊——」然而，來到收銀櫃檯的常客用他酒後沙啞的聲音，輕輕鬆鬆蓋住了我的話。

犯太歲。

從我進來武藏野書店起，還沒碰過像今天這樣諸事不順的日子。

起因不意外，是一大早就來收銀櫃檯的那位客人。

「大姊——我到處都找不到《釣魚好日子》耶。昨天我問這裡的員工，不是跟我說今天入庫嗎？怎麼搞的？特意讓人這種時間來，沒道理吧？」

男子滔滔不絕地抱怨，散發即使隔著口罩都聞得出來的酒臭味。「實在非常抱歉。」我機械式地連聲道歉，急急忙忙查詢庫存。

誠如這位客人所說，月刊《釣魚好日子》今天的確有三本入庫。我按鈴喚回小柳請她暫代收銀，前往雜誌區。結果，本該確實擺放《釣魚好日子》的地方就像蟲咬過般開了個大洞，別說三本了，連一本都找不到。

我趕忙尋找負責雜誌的小野寺。小野寺是正職員工，比我小一歲，雖然絕不是充滿幹勁的人，但該做的事都會確實完成，最重要的是，她可以說是店裡個性最好的人。

我把事情告訴小野寺後，她的臉變得一片蒼白。

「跟那位客人說雜誌今天出刊的人應該是我。不過，點書的時候的確有《釣魚好日子》，我有確認的印象。」

「可是架上一本都沒有。今天早班負責上架的是誰？」

「除了我以外，還有磯田和……」

「和？」

「我記得是店長。」

眼前瞬間晃了一下。來這裡工讀才幾個星期的磯田和店長——無論是誰都不值得信任。

我先抓住在整理書櫃的磯田向她傳達狀況，她卻一臉無法馬上掌握重點的表情，似乎誤會我在懷疑她。平常我就事先被告知過磯田很年輕，自尊心很高。她露出意外的表情，眉毛倒豎，堅決否認不是自己。

現在不是說這個的時候。向她道歉後，這次，我逮到了辦公室的店長。店長從早上就和某人講電話講得十分開心。我以手勢請他「拿開話筒」，轉告他狀況。

店長果然立刻就了解我問題的意思，但接下來的反應卻和磯田一模一樣。

「怎麼了？妳在懷疑我嗎？我絕對沒碰那種雜誌。話說回來，我在這一秒前連有那種雜誌都不知道。」

這樣也很難令人苟同，但現在不是一一糾正店長的時候。店長轉向摀住的話筒，再次開始和對方說話。我用力壓下對店長的不耐，離開辦公室。

「總之，應該是在某個地方，我們一起去找吧。」

回到前臺賣場，我把手放在小野寺的肩上說道。這時，已經等得不耐煩的客人大步走了過來。

他的臉紅得像煮熟的章魚，眼睛充滿憤怒的血絲。唯一值得慶幸的是，他完全忘了小野寺是昨天跟他說雜誌「明天出刊」的人。

「妳們是要我等多久！」

他的怒吼消除了早晨清爽的空氣。「實在非常抱歉！」我和小野寺一起低頭道歉。他對我們投以更大的咆哮。

「因為妳們說今天出刊，我才這樣特地一大早過來喔！結果怎樣！讓我等這麼久，妳們太不專業了！」

我和小野寺學生時期參加的都是文化類的社團活動，從沒有被不講理的教練或學長姊不分青紅皂白痛罵的經驗，尤其是家庭環境很好的小野寺，甚至不曾受過這種訓斥吧。

「那個，真、真、真的非常抱歉。我現在馬上去找。」

小野寺的聲音因淚水有些沙啞，客人不在乎地哼了一聲。儘管再明白不過我們有錯，但接近生理期的我非常不耐煩。

這類型的顧客一個應對不當，就會越來越得寸進尺，耽溺於憤怒，然後大概是過去工作的習慣，一副感覺良好的樣子對人訓話。明明就算他大吼大叫，沒有的東西我們也只能去找而已。

「夠了！我去其他店！我不會再來這種店了！」

相同的話這位客人過去也說過四次了。當然，他並沒有因此不再光顧，至今仍是星期一、三、五地一日不差，幾乎與開店同時，忠實地報到。另外，這類型的顧客還有另一種固定傾向。

大概還是感受到店裡險峻的氛圍了吧，店長慌慌張張飛身而出。其他店員在他耳邊小聲說明狀況後，店長誇張地表現出大吃一驚的模樣，遞出名片躬身道：「這件事是我們處理不當，實在很抱歉。」

對方跟剛才一樣不在乎地哼了一聲，但我知道，他的表情微微和緩下來。

「終於來了個能溝通的傢伙。」

我知道，他的意思是「終於來了個男人——」

「實在非常抱歉。」

「你的店是怎麼回事啊？」

「真的非常抱歉。」

「不用再道歉了。」

「我們今天內一定會把書準備好，您願意的話，由我們送到府上。」

「唉呀唉呀，不用做到這個地步。你們明天前能處理好嗎？」

「是的。就算請公司其他店鋪幫忙也一定會把書準備好。」

「那，我明天早上來拿。」

「真的非常抱歉。」

「就說不用道歉了。看到你就想起我以前上班的時候，教育員工很辛苦吧？」

「是，的確辛苦。」

「你也不容易啊。」

男人留下這句話，將手放在店長的肩上後滿足地離開了。當時，我的臉上是什麼表情呢？

吼——喉嚨深處發出憤怒的低鳴。這次，換店長將手擺在我的肩上。那副「沒事，我都了解。困難的事都交給我」彷彿理解一切的表情，令人惱火到不行。我真的不要在這種店工作了！

每當我有這種想法時，一定會有人出現幫助我。

「谷原，妳來一下。」

小柳盯著櫃檯的電腦，語調悠哉地呼喚我。我像是甩開店長的手般走向無人的收銀櫃檯。

小柳連看都沒看我一眼，指著電腦螢幕淡淡說道：「實際上書店發生的懸疑事件是這種東西，不是什麼殺人案呢。」

螢幕畫面上映現小野寺、磯田與店長三人的身影，顯示時間是為附錄繁多的雜誌上架的早班時段——八點四十六分。三人沒有交談，默默地工作。

這是我第一次不是為了找小偷看監視器錄影。儘管內心因觀察夥伴工作的樣子萌生了些許心虛感，但那種東西沒多久便煙消雲散了。

低像素畫面中，店長像是突然想起什麼似地站起身，右手拿著某樣東西，宛如被牽引般搖搖晃晃地跨出步伐，消失到了某處。

當店長消失在畫面的瞬間，小柳切換到下一個影像。店長踩著夢遊般的腳步突然停在了某面書櫃前。他將手上的什麼放在櫃裡的書籍上，從身邊抽出一本書。

雖然無法辨識書名，但那本書的輪廓我卻記得清清楚楚。腦海一口氣閃過店長先前跟顧客說員工教育怎樣怎樣時的應對。

「找到了。」小柳的聲音令我回過神，緩緩抬起頭。她舉起手中的三本雜誌。

「三本都好好地躺在自我啟發書的架上。」

擺在櫃檯上的雜誌看起來模模糊糊的。我拚命忍住快要潰堤的憤怒淚水，朝會時的光景歷歷在目。

輕浮的笑容、沒有內容的報告、令所有人不耐的態度和聲音，還有一臉自豪高舉的自我啟發書……

我要跟竹丸 tomoya 說！

如果是《為能力不足的店長賦予力量 一名員工的77個法則！》我現在馬

上就看，混蛋！

慘烈的一天。結果，還落到加班的境地。我傳了封說明會遲到的訊息給傍晚下班的小柳，於八點多抵達新宿三丁目她找我過去的西餐廳。

小柳獨自拿著紅酒杯啜飲。無論是餐廳的選擇還是黑色高領襯衫，都優雅得令我著迷。

我突然覺得自己身上平常穿的牛仔褲和羽絨大衣與這裡格格不入，瞬間有些卻步。

不，要是平常的我一定會手足無措。「嘿——谷原——」然而，注意到我、朝我揮手的小柳彷彿女神一樣，讓我流下安心不已的淚水。

「小柳！」

我本來決定絕對不抱怨的。今天不是我發牢騷，而是要聽小柳講「事情」的日子。

明明原本是這樣想，但小柳笑著問我：「辛苦了，怎麼樣？我離開之後店裡也很累嗎？」笑容散發出菩薩般的光芒，令我忍不住道：

「小柳，對不起，在聽妳的事情前可以讓我抱怨兩件事嗎？」

「嗯，幾件事都行。」

「不，兩件就夠了。第一件，雖然是我不好——」

沉重的嘆息擅自從口中逸了出來。那是發生在傍晚，小柳下班後的事。我在辦公室裡埋頭吃著竹輪夾心麵包，工讀生磯田來到我身旁。

「啊，辛苦了。」我邊打招呼邊想著得為今天早上的事道歉才行，結果磯田突然厲聲向我發難：

「不好意思，可以請妳為今天早上的事好好道歉嗎？」

「咦……？」磯田不顧我一臉驚訝，臉色更沉了。

「妳早上懷疑我對吧？沒做任何確認，不分青紅皂白地懷疑我。」

「不，什麼懷疑……不是的，我只是想確認是不是有可能……」

「我無法這樣不清不楚地和妳一起工作下去。」

「等等，怎麼會這樣，太誇張……」

「誇張嗎？那對我來說是侮辱喔。我第一次有這種感覺，如果是這樣的話，我和妳——」

磯田說到一半突然中斷。雖然我有很多想反駁的話，卻輸給磯田強烈的視線。我跟自己說本來就打算跟她道歉的，低頭道：「對不起。」

小柳垂下眉頭表達同情。

「這還真有點災難呢。我記得磯田是學生？」

「不，好像已經大學畢業了。」
「這樣啊，她的確給人一種直來直往的感覺。我和她也沒講過什麼話，沒辦法隨便說什麼就是了。」
小柳的聲援令人感動。不過，讓磯田誤會這件事我也有錯。真正讓人火大的是另一件事。
我完全將今天早上宿醉的痛苦忘得一乾二淨，一口氣仰頭喝下剛剛點的啤酒。店裡喝酒的女性員工只有我和小柳。
我擦了擦沾著泡沫的嘴脣，用力盯著小柳的眼睛說：
「下班的時候，有人當面跟我說：『妳的臉是不是腫腫的啊？』」
「咦？什麼？誰跟妳說？」
「店長啊。那個白痴店長，也沒有自己做錯事的樣子，好像把早上的事都忘了。我正因為面臨工讀生的惡意而難過，他竟然笑嘻嘻地說這種話……」
小柳一臉茫然，鼻子微微抽動。因為我是她的超級粉絲所以知道，這是她大笑前的預兆。
果不其然，小柳拍著桌子爆笑出聲。她發出粗魯的聲音，彷彿在店裡的夢幻氣質都是騙人的一樣，臉笑成一團。
「等等，真是的！現在不是笑的時候吧！」儘管口中抱怨，心情卻也忍不住飛揚。

「不是啦，抱歉。我想想，不過店長也真是不會挑時間呢。」

「真的。真的是白痴店長！」我邊吐露不滿邊和小柳笑了開來。

啊啊，就是這個……其實，我本來想醉醺醺地叨念說：「店長蠢死了，我想辭職！」但我再次感受到，即使只有一個人也罷，有人像這樣理解自己的話，什麼不合理的事我都能忍受。

兩人盡情大笑，終於稍微冷靜後，我又啜了口啤酒，看著自己敬愛的前輩。

「那麼，妳要說的話是什麼呢？看妳很鄭重的樣子。」

我隱隱約約猜得到。從以前就有傳言了，說山本店長最早當店長的時候是三十五歲，而小柳又遠比山本店長還優秀。即使說她明天就當店長也不會覺得太快。當然，我會放手祝福她，小柳一定能打造一間很棒的書店吧。

其實，我的理想是小柳超越山本店長，成為總店店長，但那樣的想法實在太過奢侈。但無論小柳去哪間店，我都打算請她一定要帶我去。如果無法實現的話，我會一直提調職申請。

我一臉得意，小柳的臉上卻失去了笑容。即使到這個地步，我依舊沒發現自己想錯了。

小柳像是肯定自己一樣，點點頭後看向我。我第一次對那筆直的視線感到害怕，微微屏住氣息。

「谷原，對不起，我決定辭職了。」

「咦？」

「總之，我昨天先跟店長一個人報告了。」

我完全忘了。今天從起床開始到現在，沒有一件好事不是嗎？

啊啊，對了，我今天犯太歲。

在兩人去喝酒的兩週後，我最尊敬、一舉一動都是我憧憬對象的小柳真理簡簡單單地離開公司了。

由於本人堅決反對，我既不能辦送別會，還被要求保密到最後一刻，所以連蒐集其他員工的離別祝福也做不到。

小柳離職的事是最後一天由店長在朝會上傳達的。

「那個，雖然有點突然，但長久以來支持這間店的小柳真理因為個人因素，從明天起就要離開武藏野書店了。雖然難過，但希望大家可以笑著送她離開。」

我失望地聽著店長的話，就連這種日子他還是一樣輕浮。直到聽本人提起前，我什麼都不知道——不論是總公司的部長和小柳之間維持了好幾年的外遇關係，還是發現實情的部長夫人衝到公司，夫人手中的刀劃到了毫不相干的專務董事手臂，以及公司全體要壓下這場鬧劇，部長在小柳之前離職的事——在小柳親口跟我說之前，我真的一件都不知道。

聽著小柳的話，我想到的是最近她為某本小說做的手繪文宣。那是個從沒聽過的作家，作品也幾乎賣不好。小柳一個人仔細認真地行銷。

「明知悖德，卻只能奔進那個男人的懷裡。我想為那個女人的生存方式和決心給予肯定——」

儘管沒有興趣，但我抱著「既然是小柳推薦」的想法試著一讀。結果，那是本沒有任何特別之處的不倫小說。既沒有令人大吃一驚的懸疑手法，也沒有顯示嶄新的價值觀。

我完全不懂好看在哪裡，自嘲地詢問小柳：「這本書真的那麼好看嗎？我太幼稚了所以才不懂吧？」小柳一臉難以回答的表情聳聳肩說：「妳大概才是對的，這或許不是什麼了不起的小說吧。」

小柳向我坦承她和部長之間外遇的始末後，以一種極為解脫的表情低聲說：

「我已經不能待在這裡了。應該說，我已經沒有留在這間公司的意義了。」

我什麼話都說不出口，也不知道該有什麼感覺。不，其實，胸口有種悶悶的心情。

只不過那天的我無法判斷那種感覺究竟是什麼。

小柳離開後，書店的日常沒有任何改變。每天有大量的書籍送來，又退回許許多多的書籍。希望出版社給的書一直沒有進來，負責出版配送的經銷商則一直塞給我們不需要的書。

沒有好朋友的熟悉職場，是停止思考的最佳環境。我一反常態，總是安安靜靜、毫無疏漏地完成眼前的工作，一個人煩躁不耐。

現在，我能夠清楚理解自己那晚對小柳產生的「悶」究竟是什麼了。我所感受到的，毫無疑問是「憤怒」。小柳當然不會不知道她的一舉一動都是我的憧憬。然而，面對打從心底尊敬自己的後輩，主張「沒有留在這間公司的意義」也太失禮了吧？

小柳從日常生活中消失真的讓我思考了許多事。無論我再怎麼積極看待，最後總是得到一個相同的答案——我才是沒有留在這裡的意義的人。會在我怒氣沖沖揚言「我要辭職！」時阻止我的人，已經不在任何地方了。

我也感受到身為一名書店店員的極限。自己覺得很好、拚命操作的書籍賣不太起來；另一方面，暢銷書只要擺著就能熱賣。

其實，無關乎我的感想，大西賢也上週上市的新書《早乙女今宵的後日談》銷售一飛沖天。我幾乎每天都在寫新的訂書單，同時也在思考自己待在這裡的意義。我是為了擺著就能賣的書而在這裡的嗎？

今天也有一位客人來櫃檯找大西賢也的新書。

「我到處都找不到。」對方以纖細的聲音詢問。

我知道這位客人，她是位大約五十出頭的優雅女性，我在心裡稱她為「madam」。

madam一個月會來店裡一、兩次，一次買好幾本書，以小說和雜誌為主。她挑書總是極具品味，不知何時起，我開始期待madam來櫃檯的日子。

不過，madam這樣找我說話是第一次，而我大概也是第一次知道她的「傻氣」。

「啊，在這裡。」我請工讀生暫代櫃檯，帶madam前往賣場。

雖然在抵達目的地前有好幾座書櫃裡，都看得到《早乙女今宵的後日談》排列的封面，但我刻意領著madam前往入口旁最大的陳列區，因為我剛剛看到她仔細地在這裡確認。

我從大量堆擺的書海中抽出一本《早乙女今宵的後日談》，madam張口啞然，臉頰迅速染上一抹紅暈。
「唉呀，我剛剛一直在看這裡啊。」
「哈哈哈，有時候就是會這樣。」
「好丟臉喔，我在這方面很少根筋。」
「您喜歡大西賢也嗎？」
「咦？」
「您以前也買過他的單行本吧？我印象很深刻，想說原來您也會看這樣的暢銷書。」
我豁出去地表明內心的想法。madam 的購書陣容很有她的風格，以文庫本為主，因此，大西賢也的新書在其中總是特別醒目。
雖然有注意到這點，但像這樣說出來是違反規定的。若是主動聊天的客人或許還不一定，但店員連自己以前買過的東西都知道的話，一定會覺得很噁心。
儘管如此，我還是想問。隱隱約約也有種「反正我要辭職了」，自暴自棄的心情。
madam 溫柔一笑。
「我是他的超級粉絲喔。」

「好意外。大西賢也的書跟您平常的看書風格有點不太一樣呢。」
「書店店員果然很厲害，你們會像這樣掌握每位客人在看什麼書嗎？」
「也不是所有顧客都知道……」
「妳叫……谷原對吧？谷原小姐，妳看過大西賢也的出道作嗎？」madam 盯著我寫有「文藝書負責人 谷原京子」的名牌問道。

一瞬間，我說不出話來，有種面臨書店店員測試的感覺。不過，再怎麼說不出話，沒看過的書也無法回答。說到底，我連大西賢也的出道作是什麼都不曉得。

「不好意思，我沒看過。」
我無力地搖頭。madam 瞇著眼睛望著我，微微嘆了口氣。
「方便的話，請讀讀看。那是對我而言很重要的一本書。大西賢也最近的確有種遇到瓶頸的感覺，但我相信總有一天他會再寫出了不起的作品。這就是書迷的任務，不是嗎？」

madam 大約花了一小時逛書店，買了大西賢也的新書與其他書籍共六本書，其中也包含了那本不倫小說。我盯著小說的手繪文宣，先前雖然心想得趕快撤掉，卻有種好像連和小柳之間的回憶也要被剝奪的感覺，便一直擺在賣場裡。最後，我像是放棄某種東西似地將它拿起來。

「這本書這麼好看嗎？」

結帳時，madam 問道。看樣子，她似乎誤會推薦文宣是我寫的了。

「啊，那是一位前輩寫的。」

「唉呀，這樣啊。那妳沒看嗎？」

「是的，很抱歉，我看的書不夠多。」

我下意識順著對方的話說。面對正要買書的顧客怎麼可能說：「我覺得不好看。」

相對的（雖然這樣說很冒昧）……我買了 madam 說的大西賢也出道作——《拂過幌馬車的風》。我對這個書名沒有印象，翻開版權頁，發現文庫本初版是二十五年前出的，上面標記著四刷。

當然，能夠再刷是很棒的一件事，但大西賢也可謂當今文壇第一人，出道作品「四刷」似乎有些慘澹。

最重要的是，我很介意封底簡介。「偵探」、「波本威士忌」、「孤獨」和「雪茄」等出現的名詞都是我印象中的冷硬派小說。至少，一點也不像大西賢也現在的風格。

工作結束後，我前往距離店裡五分鐘路程的「伊莎貝爾」。那是我想要專心看書或樣書時會去的咖啡廳。雖然不喜歡店裡瀰漫的菸味，卻比在時尚的咖啡店裡遭受同年齡層的情侶恩愛攻擊要好得多。

「伊莎貝爾」難得高朋滿座，不過我還是順利地請店員帶我到我喜歡的窗邊座位。跟平常一樣點了黑豆可可後，攤開剛買的《拂過幌馬車的風》。本來對自己不能說很擅長的冷硬派小說有些擔心，卻意外迅速地浸潤在文字中。

不，該說是我很訝異，這本書和近期大西賢也的文字相比更加柔軟，內容是冷硬派沒錯，卻不像現在這樣充滿陽剛味。這麼想的同時，我才發現原來自己很害怕大西賢也那種預設立場的文字。女人就是這個樣子嗎？戀愛就是這種東西嗎？好看的小說就是這樣嗎？我討厭那樣單方面強迫別人接受觀點。

一口氣看完序章和第一章後，我闔上書本，回到第一頁再從頭開始看起。當我遇見真正的好書時一定會這麼做。

意識過了一陣子才被拉回現實中，我看向客人更加擁擠的店內，發現了某個奇怪的地方。書店的工讀生磯田正一個人躲在大柱子後坐著。

她是從什麼時候開始坐在那裡的呢？在我之前還是之後來的呢？她有注意到我在這裡嗎？

憂鬱的心情縈繞在心中，將各式各樣的問號擠到一旁。自從那個月刊《釣魚好日子》遺失未遂事件以來，我和磯田便一直處於尷尬狀態。我們本來就不是會積極對話的關係，最近，她甚至不願跟我對上視線。當她看著旁邊對我說

「辛苦了」的時候，我也變得不知道該如何是好。

突然沒辦法再專注在眼前的小說上，我祈禱磯田可以先回去，然而，尿意卻更早抵達臨界點。

我拚命掩住氣息，裝作完全沒有注意到磯田存在的樣子，小心翼翼地前往廁所。

當我上完廁所，準備回座位時，這次感受到一股明確的異樣。磯田對著我的背影正微微顫動。

起初我以為她是一個人在笑，結果卻非如此。我回到座位，在意地抬起頭後，看見磯田正拿著手帕擦拭眼角。最讓我驚訝的，是磯田在看的書。

「啊……」我下意識發出聲音。鬧哄哄的店裡當然不可能聽到我的聲音。不過，磯田卻彷彿被吸引般轉向我這頭。

一看到磯田的表情，便很清楚她先前沒有發現我的存在。她訝異地皺眉，張口無言後，急急忙忙闔起書。磯田看的書，是書腰用了我的推薦文的那本文庫本。當初那篇推薦文，是我看了樣書後覺得太精采，腦子發熱所寫下的。

既然彼此都注意到對方了也不能當作沒看到。我下定決心起身，走向磯田的座位。

「妳常來這家店嗎？」

磯田尷尬地撇開視線，小聲地說：「沒有，也還好……」我嘆了一口氣，沒有得到對方同意便坐了下來，然後伸向桌上那本文庫本。

「這本書很棒對吧？」

面對尷尬的磯田，或許不要接觸才是一種溫柔，但我想聊書的事。

儘管我對武藏野書店有不少不滿卻可以撐到今天都還沒辭職的原因是，這裡的員工有很多人是書痴。我已經知道這不是在書店就理所當然的事。而我還有個理論，就是只要聊聊彼此喜歡的書，不管怎樣，就可以將眼前的問題拋到一旁。

磯田沒有抬頭的意思，我也不再說話，耐性地等待。最先放棄、吐了一口氣的人是磯田。

「谷原，聽說妳要辭職是真的嗎？」

「嗯？」

「店裡有人在傳，說妳應該也會辭職，因為妳和小柳感情很好。」

磯田臉上直來直往的表情是她之所以為磯田的要素，我沒有畏怯，也沒興趣是誰在謠傳。從我這陣子生人勿近的態度來看，大家應該都是這樣想的吧。

「是啊。感覺我好像已經沒有留在這裡的意義了。」

之前小柳說過的話，自然而然從我嘴裡脫口而出。「為什麼？」磯田繼續問，臉上的表情沒有變化。我輕輕點頭道：

「因為我果然是因為憧憬小柳才選這間公司的。以前念書的時候，我很喜歡小柳寫的文章。因為我從小就想在書店工作，所以找工作時毫不猶豫地就選了武藏野書店。」

「這樣的話不就還有意義嗎？」

「什麼？」

「妳從小就想在書店工作吧？既然這樣，不管小柳在不在，妳待在這裡都有意義不是嗎？」

「不，所以說……」

「我不是在批評。任何人想在哪裡工作都是那個人的自由。不過，妳有點太任性了，一副只有自己是受害者的樣子，似乎作夢也沒有想過自己就是加害者。我覺得這樣有點傲慢。」

突然被人這樣說，我也火大起來。

「抱歉，我不懂，什麼意思？」

「沒有什麼意思。」

「不，妳不說我不知道啊。可以請妳告訴我嗎？」

我也認真起來問道。磯田賭氣將頭撇到一旁，要是平常的我，或許這樣就會害怕了，但我推開憂鬱的心情。

自從小柳離開後，我一直悶悶不樂。此刻，我心裡萌生一種感覺，相信磯田能幫我掃去這股煩悶。

磯田咬住下唇，過了一會兒，彷彿下定決心般把手伸向桌上的書籍。

她拿起書腰上寫了我名字的文庫本，豁出去地說：

「就像妳憧憬小柳一樣，或許也有人因為憧憬妳而成為書店店員不是嗎？」

「咦？」

「我出社會後，無法習慣公司，都是大人了還遭到類似霸凌的事。就在我痛苦不堪的時候，有個書店店員讓我遇見了《前所未有的伊甸》。『如果社會上的規則不能給你幸福，那絕對是社會規則的錯！』她的推薦文我一字一句都記得。無論是那則感想還是那本書都成了我的救贖。我一直希望，如果有天能見到那個店員的話要告訴她這件事。」

磯田說的，是富田曉的出道作。那本小柳給我樣書後，我隨心所欲寫的感想突然被採納為推薦文的書。

我當然驚訝，卻沒有覺得不好意思。在我記憶中，書店從來沒有人像這樣肯定過我。儘管如此，我也沒有飄飄然的感覺。

我和磯田之間瀰漫著不同於尷尬的沉默。磯田的意思就是，因為我的推薦文才遇見的小說改變了她的人生。我覺得對這件事表現出驚訝好像不對，也不認為事到如今道歉說「我太傲慢了。」是正確解答。

就這樣，我在不知道磯田希望我說什麼的情況下吐出一句：「我也曾經被書拯救過喔。」

磯田的眉心迅速皺了起來。我也回過神，不過，卻不想停下話題。

「當然，那是比遇見小柳還要更早以前的事。說是書，應該是故事吧。我老家是一間在神樂坂的餐廳。從小，父母便工作到很晚，我是獨生女，理所當然就只能一直看書。然後，我家老爹……啊，不好意思，因為以前受到餐廳師傅的影響，我都叫父親『老爹』。老爹像是為平常贖罪一樣，只有星期天的時候經常帶我去神保町的書店。那間店有個很優雅的店員姊姊。雖然已經記不得長相了，但即使年紀還小的我也覺得她是個很棒的人。那位姊姊經常幫我挑書，一定都是比我當時的程度再高一些的書。我很開心。一邊看書，一邊覺得自己是在和大姊姊而不是看不見長相的作者對話。記得，我就是在那時候認識到，原來書店店員的工作是連結讀者與故事這麼棒的職業。」

「妳現在不這樣覺得嗎？」在稍微沉默後，磯田還是一樣不高興地問道。

「嗯——怎麼說呢。好像每天每天都為了眼前的工作忙得要死要活，沒去注意那種事吧。總之，不太有連結讀者與書籍的感覺。就算我辭職，店裡還是會一樣正常運轉吧。」

「這樣對嗎？雖然常常聽書店店員說這種自虐的話，但這種事對作家不也一樣嗎？就像書店店員辭職、書店依舊會運作一樣，即使再賣座的作家不寫書了，出版文化也不會消失喔。」

「嗯——還是有點不一樣吧？若是一個作家不再寫書，一定就有部作品沒有來到這個世上。」

「我覺得並沒有不一樣。這樣說的話，若是一個書店店員辭職，或許就有客人無法遇見應該遇見的作品了吧？實際上我就是這樣喔。因為妳成為書店店員，我才會遇見《前所未有的伊甸》，才能夠活下來。我認為，這跟富田曉成為作家這件事沒有差別。就像只有那個小說家才能孕育出來的故事一樣，或許也有只有那個店員才能傳達出優點的作品，不應該是這樣嗎？」

磯田的話比以往強烈卻又依稀帶著祈願，我沉吟著，胸口響起撲通聲。

「磯田，妳是不是想負責文藝書？」儘管知道現在該問的不是這個，我卻忍不住出聲詢問。

故事擁有的其中一種力量，就是能夠體驗「不是自己的某人人生」。曾經告訴我這件事的人是小柳。想像他人、易地而處。「因為這是個所有人都只想著自己的時代。即使一瞬間也好，如果能想像自己之外的人，僅僅是這樣，故事就很有用了吧？」小柳害羞地說。

當時的小柳大概已經對身為書店店員的許多事情感到絕望，也遇到了很痛苦的事吧。或許，和部長早已經開始的關係其實令她想立刻辭職。

儘管如此，她卻沒有讓我感受到一絲一毫，總是對我露出可靠的笑容。如果，當時的小柳在大家面前鬱鬱寡歡，工作像在生悶氣，散發出生人勿近的氣息的話，我會有什麼感受呢？至少，我們之間一定無法建立起她辭職後，我會這麼難過的關係。

所以，我才不得不深切感受到自己的無能，沒有資格當一名書店店員。磯田說的「一副只有自己是受害者的樣子，似乎作夢也沒有想過自己就是加害者。」應該就是這麼一回事吧。

磯田撬開乾燥的嘴脣說：

「我想跟妳學習各式各樣的事，因為我憧憬的人不是小柳，是妳……」

磯田的後半句話太沙啞，我聽不清楚。「真的很對不起。」我像是說給自己聽般不停點頭，直到現在才將道歉說出口。因為我比誰都還了解，當憧憬的前輩對自己說「沒有待在這裡的意義」時有多難受，以及說出這句話有多傲慢。

磯田微微搖頭，表情終於舒緩開來，我也長吁了一口氣。

我必須守護這個後輩的光芒，我自己也必須更加閃閃發亮才行——

那大概是這份心情所洩漏的嘆息。

當然，一切看起來沒有任何改變。我一樣平常地工作、平常地呼吸、平常地面對工作夥伴。

儘管如此，我的內心卻與跟磯田談話前截然不同了。在積極處理工作中，我看到了許多至今沒有注意到的事物。其中之一便是店長經常看著我，莫名坐立難安的樣子。

他一定是在想「繼小柳之後，不能讓谷原也辭職！」儘管對他一如往常的慢半拍感到無言，但這次錯在我身上，讓他擔了不必要的心。我刻意表現出活力十足的樣子，然而，店長似乎沒有接收到這份心意。

和磯田在「伊莎貝爾」談話的三天後，當我正在收銀檯工作時，店長悄然無息地來到我身邊，有什麼話難以啟齒的樣子十分少見。

「谷原京子，妳今天晚上有空嗎？我有話想對妳說。」

嗚哇！真的來了！我內心手忙腳亂，外表也拚命揮手道：

「不，店長，我沒事了，真的已經沒事了。之前實在很抱歉。」

「什麼沒事？是指妳晚上有空嗎？」

「不，重點不是有沒有空。」

「我有事想跟妳商量。啊，對了，我一直很想去妳老家的店看看。方便的話，可以帶我去嗎？」

「不，店長，我說……」

「我先打電話去預約喔。抱歉，雖然我們是店長和員工的關係，但男女還是不能一起行動，我們就在餐廳會合吧。七點妳可以下班吧？不好意思，就拜託妳了。」

我才打算強力拒絕，一位客人便很不巧地來到櫃檯。店長露出平常那輕浮的笑容，以獨特的聲調說著：「歡迎光臨。」

真的是什麼事都對不上。我現在一點辭職的意思都沒有，在這個時間點上懷柔政策地約吃飯是沒有意義的。話說回來，既然搬出男女怎樣怎樣的話，去我們家的店根本不適合，而且既然要去，理應由我負責預約才對。

我一個人逸出嘆息。儘管如此，卻深刻感受到店長的關心……才怪。我一分一毫都感受不到，只覺得厭煩不已。

不過，內心也有一部分覺得這是自己種的因而放棄。儘管本來打算今天一口氣看完《拂過幌馬車的風》，之後我卻花了幾個小時強化面對店長的決心。

冷風從斜坡灌下。老家的小餐廳位於神樂坂主街下一條幽僻石徑……再隔好幾條路的深處。餐廳以七年前過世的母親之名「美晴」為名。先拉開餐廳門的人，是我。

雖然店長的確有預約，但似乎沒有說自己是老闆女兒的上司，也沒有說一起來的人是我。老爹見我在吧檯區僅有的「預約」牌子前落座後，一臉吃驚。

店長在大約五分鐘後來到店裡，既沒有帶禮物也沒有親切地聊天。在和老爹互相過過場面打了招呼後，突然點了溫酒，自顧自地一邊啃著魟魚鰭乾一邊靜靜喝起酒來。

老爹一臉為難的表情，我用眼睛向他示意：「別在意，他只是個怪人。」幸好，店裡生意很好，老爹忙進忙出。店長一句話也沒對我說，就像獨自來喝酒的客人一樣，默默啜著酒杯。

一個小時後，當我和老爹開始對沉默不語的店長感到窒息時，不知道是不是喝酒的關係，店長的臉漸漸漲成一片奇怪的土色。

店長一副快醉倒的模樣。這頓飯到底是為了什麼啊……正當我想著差不多該請店長回去之際，他突兀地開口說：

「谷原京子，我接下來要說的事可以請妳保密嗎？」

又在誇張了……我點頭回應：

「好，是什麼事呢？」

「其實，我考慮要離開店裡。」
「啊？」
「說是店裡，應該是公司。」
像是看準時機般，店裡籠罩一片寂靜。店長不為所動。
「當然，妳注意到了吧？還是說，她該不會跟妳討論過吧？」
「注意到什麼……討論？」
「對。妳沒聽說我以前喜歡小柳真理嗎？」
「不，那個……店長？」
「我好喜歡她，小柳真理，說是愛也不為過。再也沒有像她那麼好的女人了。因為有她在，我才能幹勁十足地工作。她在我面前消失後，我才清楚明白，沒有小柳真理的那種店，已經沒有我待下去的意義了。」
喂喂……等一下，這算什麼？好尷尬，尷尬死了……應該說，什麼——!?超級噁心的！
我知道自己現在表情僵硬。意識朦朧、前後搖擺的店長突然身體一震，銳利地盯著我瞧。他那浮現得意笑容的眼睛，多麼噁心啊。
「呃……這樣啊。那你有向小柳表達心意嗎？」我一點也不感興趣，只是為了甩開那纏人的視線才問的。

店長害羞地聳聳肩。

「怎麼可能？不過，我的心意應該有傳達出去吧。」

「為什麼？」

「什麼為什麼，真不像妳會問的問題呢。因為我們每天都一起工作啊。她不是那種不了解旁人心情的人吧？我們也常常眼神交會，我的心情應該有傳達給她才對。」

什麼啊，這傢伙，超級糟糕的吧——店長像是聽到我的心聲般，噗哧一笑。

「唉呀，實際上她當然不知道啦，我也不是跟蹤狂，不是故意說得好像知道自己喜歡的女性是怎麼想的。而且，這種事已經不重要了。唯一的現實是，小柳真理已經不在了，我已經沒有待在那間店的意義了。」

滿足地撂下這些話後，店長舔了一口杯裡的酒。沉默再次降臨，我尷尬不已。一杯就好……像在對自己說藉口一樣，我拿起酒瓶準備為店長斟酒。

令人驚訝的是，酒瓶裡的酒幾乎沒有減少。這樣的話，店長這副酩酊大醉的模樣和臉上憔悴的土色是怎麼回事？

「不過，我不會辭職喔，谷原京子。」

「啊？」

「即使辭職的日子來臨，我也不會為了誰而辭掉工作。就算辭職，也要是由自己好好取捨。」
「嗯嗯，這樣啊。」
「武藏野書店真的是間好書店對吧？是我的驕傲，我最喜歡大家了。」
店長露出溫柔的笑容低語，最後，握著酒杯伏倒在吧檯上。
令人安心的空氣代替微弱的呼吸聲籠罩店裡。「這傢伙搞什麼啊，超級糟糕的吧？」老爹垂下肩膀，說出了跟我剛才想的一模一樣的話。我從以前就常被人說很像父親。
脫離緊張的瞬間，肚子「咕——」地發出奇怪的聲響。
「老爹，可不可以幫我做點什麼？剛才只有吃魟魚鰭乾，肚子好餓。」
「妳想吃什麼？」
「隨便，可以的話就炸肉丸。啊，還有，也給我個酒杯，酒好像剩很多的樣子。」
我喝下冷透的酒，從包包裡取出《拂過幌馬車的風》。要不是店長約我，我應該早就看完這本書了。
本來還擔心自己是否能在喧囂的店裡看書，結果證明是杞人憂天。我連店長睡覺的鼻息也不在意，一回神，已深深沉浸在小說的世界裡。

簡單來說，這是本偽裝成冷硬派的戀愛小說。主角是名私家偵探，透過妻子視角所描繪的故事，直接傳達出與男人的悲哀恰恰相反的可笑，以及女人的堅強與小聰明。因此儘管背景設定離奇，卻能讓讀者坦率地設身處地，代入每個登場角色的感情。

這絕不是什麼感人肺腑的故事，但隨著邁入劇情高潮，我卻漸漸無法忍住淚水。當作者像是拒絕續集般讓主角夫妻不合理的分別時，強烈的哽咽從嘴裡逸了出來。

急急忙忙拿起擦手巾擦臉時，我才發現店裡幾乎沒有其他客人了。除了店長和老爹，只有一名剛才還不在這裡的女性，一樣在看書。

那名女性和來書店的「madam」大約同個年齡層。儘管穿著高領毛衣和寬褲一身輕鬆的打扮，我卻為她不同於madam、依稀透著女性嬌弱的美感看得出神。就像我剛剛看的《拂過幌馬車的風》裡偵探妻子的形象。

女性也看向我。是附近出版社的編輯嗎？我慌慌張張以眼神向老爹詢問：

「那是誰？」老爹沒有停下手中的工作，只是搖搖頭表示「不知道」。

「妳在看很舊的書呢。」

我沒有立即察覺那道美麗的聲音是在對我說話。

「咦？不……那個，不好意思……」突如其來的狀況讓我不小心露出平常的可疑相。女性只是笑彎了眼睛，又再問了一個問題：「妳該不會喜歡大西賢也吧？」

女性在看的書突然躍入眼簾，那是一本舊時的外國懸疑小說，小柳曾說過很好看。

雖然也不是因為這樣就卸下心防，但我還是拚命用擦手巾拭淚，戰戰兢兢地搖頭。

「老實說，在讀這本書之前我不太喜歡他。」

女性的臉龐驚訝地皺起。她可能是大西賢也的書迷，也無法保證她不是責任編輯。這不是一個書店店員應該說的話，但因為《拂過幌馬車的風》實在是太精采了，我才非說不可。

「結果看了那本書後變得有點喜歡他了？」女性自行猜測問道。這次，我堅決地搖頭。

「變得更討厭他了。」

「什麼意思？」

「總覺得很不甘心。他明明可以寫出這麼了不起的內容，為什麼最近的作品會是那個樣子呢？為什麼編輯不讓他認真寫呢？我好生氣。如果妳是他的書迷的話，我很抱歉。」

「不，我沒有……」女性的聲音幾乎沒有傳過來。不只是大西賢也，有不少作家讓我有這種想法。作品成功還是失敗都無所謂，但有些人很明顯是在偷懶。每當接觸到作者擅自對這種東西妥協的心聲時，總是令我大失所望。

「不好意思，可以請教妳的名字嗎？我叫石野惠奈子，是一般的家庭主婦。」

「啊，不好意思，我叫谷原京子，在書店上班。」

「妳是書店店員嗎？」

「是的。啊，不過，我也是——」

這家店老闆的獨生女喔。就在我想這麼說的前一刻，店長緩緩起身，啜了一口依舊拿在手中的酒杯。他放下酒杯，這次又睜著發紅的眼睛，開始在美晴的筷袋上寫些什麼，可疑到了極點。

店長高聲吶喊：

「不錯啊。就試試看這個吧！」

「啊？這個是指什麼？店長……」

「我一直認為，對於行銷書籍，我們應該還可以做更多、更多、更多的事。所以，就做吧！」

「所以我問你是要做什麼……」

「大西賢也的簽名會！雖然他的確是暢銷作家，但我們不要一開始就放棄，覺得不可能，我們要不厭其煩、不停地提出申請。對方或許能感受到我們的熱誠不是嗎？」

自顧自地撂下這些話後，店長再度陷入沉睡。他到底想做什麼？不經意瞥見的筷袋上以平假名寫著石野惠奈子小姐的名字。這個人還是一樣莫名其妙。與熱誠或是暢銷作家無關，大西賢也的簽名會是絕對開不成的。

我突然對上石野小姐的視線，從她那無力的表情便能明白，她知道大西賢也是從不公開露面的作家。

店長髒兮兮的睡臉轉向我，喃喃說著些什麼。

「總有一天，我一定要辦大西賢也的簽名會。所以，不要連妳都說要辭職，拜託。谷原京子，我需要妳。」

店長的挽留一定沒有扭轉我的什麼想法。

不過，我的心裡卻萌生出一點點前所未有、不可思議的心情——現在，不能放眼前這個人獨自一人。

第二話　雖然小說家少根筋

「啊啊，谷『岡』京子，之前那件事好像進行得很順利呢。」

一如既往，在開店前忙得要命的時間點，不懂得看狀況、一臉興高采烈過來搭話的店長實在讓人火大得受不了。

還有，都多久了還把人的名字叫錯是什麼意思？

「啊——這樣啊，真令人感謝。」

我回答，根本不知道「那件事」是什麼事，這也是當然的。隨便擺個笑臉給他看吧。他不會覺得對不起一大早便紅著眼睛幫忙上架的的工讀生嗎？當然，我也沒有指出他講錯名字的事。

店長一直沒有離開的意思。啊啊，真的很礙手礙腳。我不耐煩地瞥了他一眼，他似乎因為我冷淡的反應很傷心的樣子，眉頭低垂，彷彿剛遭主人遺棄的小狗。

如果讓店長隨便幫忙拆箱也很麻煩，我向大家道歉，暫時離開。明明是忙得不可開交的時段，幾個大學工讀生卻一致對我投以同情的目光。

我就像這樣硬是創造一個讓店長說話的機會，結果他不懂得看場合的程度永遠超乎我的想像。「之前那件事是指什麼事呢？」我問。店長笑嘻嘻地回答：

「啊，沒關係，那件事我會在朝會的時候跟大家說。妳是個急性子嘛，就先保留期待吧。」

店長丟下這句話，驕傲地挺著胸膛離開了。我的眉心微微抽搐，肩膀顫抖。

我現在已經很驚訝了。既然朝會要說，就不要來找我啊！

店長真的蠢死了。

我真的不要在這種店工作了！

朝會在開店前二十分鐘開始。一如往常，是段沒有意義的時間，盤旋著員工的沮喪與挫折。武藏野書店販售的字典中，「朝會」辭條下「沒意義」這幾個字旁的注音，一定是「ㄓㄠ ㄏㄨㄟˋ」。

跟平常一樣，店長喋喋不休地講示大概從某本自我啟發書引用的大道理。

「聽好了，各位，今天只要記住這件事就好。當然，我無論何時都採取一種開放的態度，只是，所謂的『報告、聯絡、商量』法則也是要有品質的。請各位先經過自己思考再向我提出。相信大家也知道，即使最後因此出了差錯，我也會泰然面對。」

沒有領袖魅力的教主創立的宗教團體一定是這種感覺。我最近發現，店長的口頭禪似乎是「相信大家也知道」。當然，我什麼都不知道，也不想知道。

之後，店長又滔滔不絕地東扯西扯了些不重要的事，心情非常好的樣子。直到最後的最後，才想起來似地提到剛才說的「之前那件事」。

「啊啊，然後，這是谷原京子的點子，下個月，我們店要舉辦簽名座談會了。」

咦……？像是在回應我的驚訝般，店長洋洋自得地摸了摸鼻子。

「其實，我本來是計畫看能不能邀請大西賢也的，不過，對方不愧是『超』一流的作家，似乎騰不太出來時間，這次只好含淚放棄。不得已，我就向備案的作家提出申請——」

不是吧，就跟你說大西賢也不能辦簽名會不是因為超一流作家的關係，而是因為他不公開露面吧？話說回來，什麼「不得已提出申請」，你也替被你這樣說的作家想想吧。反正一定是你自己喜歡的自我啟發書作者吧！

我在內心痛罵。店長不知為何看了我一眼，露出得意的笑容。

「搭配下個月新書上市，富田曉將會蒞臨我們書店。」

「咦……？」懷疑的聲音這次跑出口。「呀——」發出怪聲的，是最近在我的強力推薦下，正式加入文藝書負責行列的工讀生磯田。其他店員雖然也露出了「哦～」的神情，但我們兩個是富田曉《前所未有的伊甸》的狂熱粉絲。

磯田的怪聲讓店長心情愉悅，進一步說出多餘的話：

「雖然不到大西賢也的程度，但富田曉也是很忙碌的一位作家。大家務必不能掉以輕心。可以的話，或許先看幾本他的書比較好。」

店長的話令大家不知該做何回應。其中也有人表達出明顯的不滿：「谷原，不要做多餘的事啦。」

這點我也一樣。當然，富田曉要蒞臨我們書店是很不得了的事。我既想請他為家裡那本反覆看了好幾遍的《前所未有的伊甸》簽名，也有許多問題想問他。然而，我不覺得自己能毫無顧忌地開心。

站在我前方的磯田不停朝我使眼色。不知道是不是興奮的關係，她的臉頰紅成一片。

自從憧憬的小柳離開店裡，我和磯田彼此把話講開來後，她成為這間店裡最了解我的人。就像她了解我一樣，我也很清楚她在想什麼。

我回磯田一個眼神，點點頭。「下班後『伊莎貝爾』見。」——磯田準確接收了我的訊息。

傍晚，結束加班後，我前往「伊莎貝爾」，磯田正沉醉在文庫本中。《前所未有的伊甸》全新的封面映入眼簾，她又重買了一本吧。

「抱歉，最後有個客人請我包裝大量的圖書禮物卡，累翻了。啊，我要一杯黑豆可可。」

我向拿水過來的店員點餐，才發現我跟磯田喝同一種飲料。

磯田綻開笑容，似乎非常開心。看著她的樣子，我猛地繃緊神經。磯田願意像這樣跟我親近、和我變成好朋友，我當然真心感到高興。然而，我國小國中到高中從沒待過那種上下關係明確、高壓式的「體育會」環境，對我而言，跟後輩相處實在難度很高。

即使在店裡，我也是擅長和前輩相處。我最喜歡的小柳自然不用說，連超級麻煩的店長也因為比我年長，讓我可以毫無顧忌，暢所欲言。

「不會不會，好久沒看《前所未有的伊甸》了，我很高興可以重看一次。禮物卡的事辛苦了，跟我說的話，我就可以幫忙了。」

「沒有啦，因為買卡片的也是個感覺不好處理的客人，不能把妳也捲進來。」

「不，以後什麼事都可以跟我說喔。」

「嗯，謝謝。比起這個，現在事情很不得了對吧？」

「妳是說富田曉吧？沒錯！我完全不知道，早上不是還下意識叫出來了嗎？妳都沒跟我說。」

「我之前也不知道啊。」

「是嗎？店長不是說是妳的點子嗎？」

「我不知道啊。他應該是搞錯什麼了吧？」

「有可能搞錯嗎？話說回來，不好意思，關於這件事我想先問個問題，可以嗎？」

磯田一副下定決心的樣子。不用看她一臉為難的表情，就可以想像她要問很無聊的問題了。儘管如此，我也無法拒絕說：「不行，不要問。」因為我不希望被她討厭。

「嗯，什麼問題？別緊張。」

磯田上下打量著我，丟出一句咕噥：

「妳和店長之間是不是有什麼？」

「啊？什麼『什麼』？什麼意思？」

「因為很奇怪啊。大概從我和妳第一次在這裡談話後開始，店長看妳的眼神很明顯就不一樣了。」

「怎樣不一樣？」

「怎麼說呢？總之，他常常看妳對吧？該說像是拋媚眼呢？還是你們擁有彼此才知道的祕密之類的。」

我這次真的無言以對，什麼話都說不出口，只是不停用輕蔑的目光看著磯田，壓抑嘆息。

「妳是認真的嗎？」我好不容易擠出這句話。

「可是妳看嘛～」磯田嗲聲嗲氣地說。什麼「妳看嘛」，妳不是會說這種話的人吧！我嚥下這句尖叫，修飾笑容。

「嗯，看什麼？」

「大家也都在傳啊。」

「大家是指誰？傳什麼？」

「當然是指所有員工啊。傳店長和妳之間有什麼。這種事我也很不好開口，別一直要我說啦。」

沒錯沒錯，這才是磯田。看著豁出去後反而惱羞成怒的後輩，我不禁感到可靠無比……才怪，根本不可能有這種想法。我不甘心地想哭。

「磯田，饒了我吧，店長耶？」

我祈求的心情能傳達給這個直來直往的後輩嗎？

「我知道，可是……」

「就說了不可能。和店長之間有什麼的，光是想像就讓人火冒三丈。如果是妳，被人懷疑這種莫須有的事會怎麼想？」

小柳曾經說過，故事擁有的其中一種力量就是能夠體驗「不是自己的某人人生」。因此，許多喜歡小說的人都能做到與他人易地而處。然而，不知怎麼回事，總覺得我身邊喜歡小說的人大都固執己見，完全無法將心比心，這是為什麼呢？

儘管如此，這一次，磯田似乎終於願意設身處地思考這件事了。

「是地獄。」

磯田從嘴裡擠出這句話。我再反覆強調：「對吧？聽我說，那種事真的不可能。」光是想起那個像是量販店販售的廉價笑容，就滿嘴都是發酸的噁心感。說白了，磯田的話除了是侵犯人權外，什麼也不是。如果那種謠言真的傳開的話，那間書店我就終於待不下去了。另一方面，我也想到了一些事。當然，是在老家「美晴」發生的事。

正確來說，是那天我在「美晴」對店長「不能放眼前這個人獨自一人」的心情。那份只能用一時衝動來解釋的心意，令我現在憂鬱到了極點。

「妳不要再說那種事了喔。至少我這邊什麼都沒有，店長應該也是。拜託，不要說這麼噁心的事。」

我搖搖頭，表示不想再聽這麼無聊的問題。磯田垮下肩膀道歉：「對不起，我不會再說了。」

我喝了一大口可可平息激動的心情，吁了一口氣。

「雖然不知道店長誤會了什麼，不過，富田曉要來真的很厲害對吧？」

磯田的表情一亮。

「沒錯，這點也很奇怪。這麼多作家，店長為什麼特地邀了和妳有淵源的那個人呢？認為你們之間有什麼比較自然吧？」

「磯田？」

「好，對不起，我不說了。」

「我絕對沒有跟店長說任何事。而且，如果我能任意找誰過來的話，大概也不是富田曉吧。」

「是嗎？為什麼？」

「沒什麼特別的理由。」

「可是，妳不是幫《前所未有的伊甸》寫了推薦文嗎？妳對他應該有很特別的情感吧？」

「嗯，是啊。當然有特別的情感。」

「那為什麼？」

「為什麼呢？要說特別的情感，也還有很多其他的作家，而且我也不認識富田曉。」

磯田沒有掩飾臉上訝異的意思，我也知道自己講得不清不楚的。

誠如磯田所說，我當然對富田曉有特別的情感。從小柳手中收下《前所未有的伊甸》樣書，埋頭寫下的推薦文獲得出版社採用，印到了書腰和文宣上，這件事奠定了我如今在武藏野書店的地位，也將身為文藝書負責人的驕傲、自信，反之則是深切感受自身實力不足的自覺全都種到了我身上。《前所未有的伊甸》是部實實在在的傑作，主角是三個無法習慣家人、學校與社會規則的女高中生，令人不得不深感共鳴。

故事徹底排除了「校園種姓制度」這種老掉牙的陳腔濫調，描繪三個女主角在各自生存的小團體中所面臨的強烈窒息感。作者的描寫令人徹底感受到我們處在同一個時代。有生以來，我心中第一次因為對窒息感產生當代性而不安。

另一方面，讓我察覺到這種心情、將那難以名狀的情感化為文字的小說家與我同年這件事，又讓我感到無法形容的安心。身為能較他人早一點認識這位小說家的書店店員，我開始將讓世人知道富田曉這名小說家，列為自己的一項使命。

「若說社會上的規則不能給你幸福，那錯的就是社會規則！新時代小說家富田曉，唯美向你我闡釋其中道理。」

將這樣的感想交給小柳後，我完全忘了這件事。一個月後，出版社的負責業務帶來了印有我感想的文宣品，前半句稍加潤飾，後半句則俐落刪去。

我欣喜若狂地抱著小柳。最讓我高興的，是從業務那裡收到了一封跟文宣品一起放入信封袋裡的信。那是富田曉的親筆信。

我關在辦公室裡，珍惜地看著寫滿三張信紙的文字，內容十分客氣。

與《前所未有的伊甸》予人的印象不同，富田曉是個很直率的人。他跟我一樣為我們同年感到高興，說他很放心。身為書店店員，那是我第一次受到如此肯定，眼眶蓄滿了淚水。

然而，因為對信上最後一句話感到微微的異樣，我沒有哭出來。

『能像這樣和同一個世代的書店店員作著相同的夢，我真的非常幸福。谷原小姐是第一位。今後，希望這樣的人能一個一個增加。無論如何，這麼一來，今年的「本屋大賞」我拿到一票了（笑）。』

不，用「異樣」來形容那種感覺並不公平。因為，即使不用特別叮囑，我在看樣書時便已經決定要將本屋大賞的票投給《前所未有的伊甸》了，也相信這本書會獲得壓倒性的勝利。

結果，《前所未有的伊甸》成為銷售超越三萬冊的暢銷書，卻從備受期待的本屋大賞前十名落選。就是在那個時候，我清楚意識到胸中那股隱隱約約的煩悶。

富田曉於本屋大賞前才開通的社群帳號上，透露了各式各樣的心情。

〈到今天還是沒有聯絡，看來，果然落選了。〉

〈感覺得出來出版社的態度不是很熱絡，所以我並沒有特別驚訝，也沒有很沮喪。〉

〈只是，有點無法相信別人了吧。〉

〈花了那麼多時間去拜訪書店，聽到的那些盛讚和感想算什麼呢？〉

〈我去某間書店時，店裡陳列了好幾面的《前所未有的伊甸》。〉

〈兩天後，我因為想買某本書恰巧前往同一間書店，結果原本的位置擺了完全不一樣的書。〉

〈只是為了取悅作家的感想和陳列有意義嗎？〉

〈抱歉，明明說自己不沮喪的，今天就請讓我抱怨吧。因為我有點無法再相信別人了。〉

一連串的發文有許多回應。其中雖然也包含了「這種話不應該公開說」這類有建設性的意見，卻絕沒有引發批評聲浪，多數人都是寄予同情。

我以前便覺得《前所未有的伊甸》是很容易吸引書迷的作品，事實上，富田曉的社群帳號獲得了許多追蹤。

我不想認為富田曉因此食髓知味，但他卻像是被哄騙般地對出版社和書店展開了批評，最後對大家提出「我乾脆離開既有體系，試著只用隨需印刷的方式自費出版好了。那樣的話，大家願意陪我嗎？」然後沐浴在讀者「沒必要讓不積極的出版社和書店賺錢」的喝采中。

大約在這個時期左右，越來越常從出版社業務和偶爾來書店的編輯身上聽到富田曉不好的傳聞。

「也不是在批評，不過，他似乎是個有點難相處的人呢。」聽著他們不約而同露出為難表情的說詞，我心想不要和他們同聲一氣。我並非執拗地想相信富田曉，而是只信自己所見。

常聽人說「要是小說家的一切只有他們寫的文字就好了。」，我也是這麼認為的。

在這層意義上，我不太希望他們經營社群網路。我知道自己或許很老派，但就算是再喜歡的作家，我也無法單純享受他們的社群空間。有那種時間的話，我倒是希望他們能早日讓我看到新作。

將那一句句「喃喃自語」化為故事才是你們的工作吧？這個原則並非假話，而且或許是嫉妒作祟吧，每當我看到有作家和某間書店店員像是串通好似的互動時，內心便會躁動不已。

不，這些說到底本來也都無所謂吧。即便是他人眼中可有可無的互動，只要對小說家而言能成為編織故事的動力，任何人都不該置喙。

沒錯，結果就只是作品而已。小說家這種人應該評論的，就只有他們創作的內容。

我才這麼一想，出版社便以「谷原小姐，上次承蒙妳照顧，這次也請多多指教」為由，送來了富田曉第二本書的樣書。讀了之後，我更加失望。

那本書並不無趣，富田曉的文章依舊洗練，也一樣令人胸口沸騰。

然而，這本書並沒有超越前作。當然，一個作家的第二本書不如出道作是常有的事，應該說，出道作汲取了作家過往至今的人生，第二本作品要超越並不容易。

我焦急的，是感受到富田曉本人似乎跟這樣的內容妥協了。

與其想著「要超越上一本暢銷作」而逞強寫出一本爛書，不如就這樣吧——對我而言，作品透露出的這種心聲才是一種罪。

重點是，富田曉的第二本書感覺故意在複製出道作。當然，這或許是我個人擅自認定，加上故事內容並不糟，因此，我按照出版社的請求，比上次更兢兢業業地寄出了推薦文。

二十幾行的感想被總結成「精采萬分！令人胸口沸騰。」兩句話，和其他將近四十位書店店員的感想並列在一塊。這些都沒有令我不滿。

儘管富田曉再也沒有送來道謝信函，卻也無可厚非，我能理解。然而，胸中的煩悶卻沒有消除，果然還是因為作品內容本身的關係。

這份心情拍板定案，是在閱讀富田曉第三本書的時候。那是部將他初次登上連載的內容集結成書的作品，讀完後，心中異樣的感覺明明白白化為了不信任。或許是出版社的要求吧，這本書不但還是老樣子，以相同的手法勾勒相同的故事，連原本犀利的文字也銷聲匿跡了，在我眼裡，只覺得是匆促馬虎下寫的內容。

儘管出版社還是請我寫感想，但我沒有交出第三本書的推薦文。這本書依然大賣，但我沒有再看富田曉的第四、第五本作品了。

富田曉很會欺負編輯的負評傳得更盛了。我並不是因為那些負評，但收到他久違的新書樣書卻也沒有想看的意思，更是作夢也沒想到那本新書上市時會在我們店裡開簽名會。

我啜了口早已不熱的可可，逸出一聲嘆息。坐在對面的磯田訝異地看著我。

我該跟這個可愛的後輩說簽名座談會的事最好繃緊神經嗎？

左思右想腦中也沒有浮現答案，總之，我先擺了個應付的笑容。

富田曉的座談簽名會號碼牌瞬間便銷售一空。其中，甚至還有來自其他縣市的詢問，令人見識到人氣作家的影響力之大。

另一方面，隨著簽名會一天天接近，我的憂鬱指數便不斷上升。我再次深切感受到，即使富田曉很難應付也無所謂，只要作品好就好的心情。

「隨便怎樣都行，一定要好看！」我帶著祈禱的心情翻開他的新書《贖》。說客氣點我也不覺得這是部好作品。說白了，看樣書時，我一直處於焦躁不耐的狀態，看完後甚至認真抱頭心想「該怎麼跟客人推薦這本書」？

不，或許實情並非如此。有可能只是我對富田曉還一直抱有期待，結果反而被蒙蔽了。我在心中某處微微抱著這樣的希望。

「谷原效果」、「谷原反效果」，這是我和離職的小柳間只有我們才懂的話。大部分我深受感動、向小柳大力推薦的作品，她的感想都是「好看是好看，但就這樣嗎？」

相反的，只要是我忿忿不平說：「好糟的書！」的那些作品，小柳就會說：「我覺得沒那麼糟，也有滿多優點的。」意思就是一開始的門檻問題。因為「好好看！」所拉高的門檻很難跨越，而「一點內容都沒有」幾乎設定在底線的門檻卻能輕鬆越過。就是這麼一回事。

順帶一提，我們自己將前者稱為「谷原效果」，後者稱為「谷原反效果」。小柳邊放聲大笑邊這麼說：

「這種效果大概不只限於書吧。假設我向某個男生介紹妳時事先跟他說是『超級美女』的話，結果應該慘不忍睹吧？相反的，如果我說妳是『醜八怪』，對方應該會覺得『不會啊，滿可愛的嘛。』對吧？向誰介紹什麼東西大概就是這麼一回事吧。」

回想起來，儘管當時我被說得很慘，卻還是發出了感嘆：「啊，原來如此。」

就這層意義而言，這次或許是出現「谷原效果」了吧。因為無法忘懷富田曉出道作帶來的衝擊，擅自將門檻提高後，令我無法正確評價《贖》。

這本書或許沒那麼差。在我之後看完樣書的磯田，輕而易舉地打破了我那強迫自己緊抓不放的心思。

「谷原！那本書是怎麼回事？妳不覺得寫得亂七八糟嗎？」

早晨的上架時間。磯田看也沒看我一眼就丟出來的強烈口氣令我啞口無言，我回了一句意想不到的話。

「呃、嗯嗯，是嗎？沒有那麼糟吧？」

磯田終於瞥了我一眼，哼了一聲。

「因為富田曉的作品我只看過《前所未有的伊甸》所以有點嚇到。他最近的書都是那個樣子嗎？」
「不，我覺得沒有糟成這樣。」
「妳果然也覺得很糟不是嗎？」
「啊啊，不是，我不是這個意思。」
「我不會推薦的。」
「什麼意思？」
「意思就是，我不想因為要開簽名會就隨便向客人推薦這本書。」
我不禁理解，有如正義感集合體的磯田，大概沒辦法揣測和迎合他人的心意吧。
「真是的，這樣的話，要是在《前所未有的伊甸》那時候辦就好了，為什麼要用這麼糟的書邀他呢？」
「我是覺得還好……」
「編輯也是，都在做什麼呢？實在很不像樣耶。」
正當磯田撂下致命一擊時，店長興匆匆地來到了正在做事的我們面前。
「妳們兩個不要只動口不動手，年輕員工也在看著妳們喔，這關係到店裡的氣氛。」
當我確認那張神神祕祕、像是明白什麼的臉孔就在那裡時，腦袋瞬間一片空白。如果我是血氣方剛的國中男生，一定會瞪大眼睛，扯著這個人的胸口脅迫他說：「你這混帳——！」

我第一次接觸到在體內沉睡了二十八年之久的暴力衝動，怒意一波波湧上。這個人知道嗎？說到底，他以為是誰害我們要煩惱這些多餘的事的！

磯田的眼睛瞪得老大，現在不是說我怎麼樣的時候了。雖然不知道那是經歷何種情感的結果，但她的眼珠子已經要凸出來了。

我伸手制止宛如狂犬般想立刻咬死店長的後輩，視線轉向店長。「為什麼要用這種書邀他呢？」磯田剛才的話不停在腦中盤旋。

這個人到底為什麼要找富田曉來呢？我不可思議地盯著雙眉低垂的店長問自己：「話說回來，這傢伙看過富田曉的書嗎？」

不，他應該沒看過。不只是新書《贖》還是《前所未有的伊甸》，他一本都沒看過。反正他一定是覺得雖然沒看過，但富田曉的書似乎賣得很好，所以才會透過某個認識的出版社拜託人家吧。

說了也是白說。當然，他應該也不曉得富田曉有多不好應付。我不停地深深嘆息。

我們現正面對蠢死人的店長拿出幹勁後的苦果。

來。

在簽名座談會的整整一週前，富田曉的《贖》包著極為浮誇的書衣送了過來。

這本書或許的確寫得不好，我對店長也極為不滿。即使如此，富田曉願意來店裡是配合我們，不能對他有一絲馬虎，得讓他開開心心回去才行。

當我看到磯田擺放《贖》時，臉上一副查詢「不服氣」三個字會出現在字典上的表情後，更加深了這樣的想法。

當然，要提醒自我意識強烈的後輩並不容易。我說過好多次了，對沒經歷過體育會環境的我而言實在辦不到。

明天再說、明天再說……簽名會就在這樣的想法中日漸逼近。簽名會三天前，適逢休假的我來到了老家「美晴」。原本是想找最近常在店裡看到的神祕常客——石野惠奈子小姐訴說煩惱，可惜這天她沒來店裡。

我在店裡看著書，喝著啤酒度過時間，當客人大致結完帳後，我不禁向老爹問起：

「老爹，那位石野小姐常來嗎？」

「嗯？石野小姐？妳說那個神祕的家庭主婦嗎？」老爹的想法果然跟我很像。

「這陣子三不五時會來吧。」

「我們是不是在哪裡看過她啊？」
「啊？哪裡是哪裡？」
「我總覺得以前看過她。老爹，你還記得小時候你常帶我去神保町的書店嗎？」
「神保町？」
「嗯，星期天店休的時候。那裡有個很漂亮的大姊姊常常幫我挑繪本。我在想石野小姐會不會就是那時候的大姊姊，但應該不是吧？」
「不不不，等一下，妳跳太快了，說什麼啊？」老爹終於停下握著菜刀的手。
他銳利地回看我，裝模作樣地開口說：
「不，我完全不記得了。別說那個大姊姊了，連帶妳去書店的事都不記得了。我嗎？」
「是你啊。」
「嗯——妳為什麼覺得石野小姐可能是那個店員？」
「感覺。而且那個大姊姊現在差不多也是石野小姐的年紀。還有，硬要說的話，是味道吧。」
「味道？」

「嗯，一種很溫柔的味道。感覺那種人寫小說的話，一定會寫出很溫柔的內容，如果是繪本就好了的那種味道。」

「哈，什麼啊，聽不懂。」

老爹冷淡地丟下這句話，摧毀了我的感慨。「是齁？不可能對吧？」我也沒什麼生氣的感覺，坦率同意老爹的話。

在老家吃飯是很棒的心情轉換。好，明天，明天我一定要跟磯田說。下定決心離開「美晴」時，包包裡的手機響了起來。

手機畫面顯示「木梨・工讀生」。儘管有我們曾交換號碼的印象，但木梨之前從來沒打給我過。

現在是晚上十點。比店長什麼的更加可靠的大學工讀生打電話來，令人只有不好的預感。

『谷原，這麼晚了很不好意思。呃，這個時間打給妳不好意思。』

店裡最年輕的工作人員反覆道歉，極為不安，我溫柔地引導她：

「嗯，沒關係。怎麼了？」

『那個，真的很對不起。雖然可能是我看錯了，但我覺得富田曉今天好像有來店裡。』

「咦？什麼？什麼意思？妳是說他和編輯一起去嗎？」

『不，他一個人，大概是來看店裡的樣子的。』

此時，我第一個冒出的想法是「還好我今天休假……」自私到了極點。

當然，並不是說休假就能逃避問題。從木梨的樣子來看，我應該要設想事情反而變得更麻煩了。

「嗯，然後呢？」

『他到處問工作人員各式各樣的事，像是推薦的小說、最近的暢銷書，還有這次簽名會的號碼牌等等。』

啊，如果只有這樣的話我就放心了。就算某個員工推薦了其他作家的書，富田曉應該不至於為這種事生氣，簽名會的號碼牌也已經銷售一空。

儘管我鬆了一口氣，木梨的聲音卻依舊很沒精神。沒辦法，我繼續問：「然後呢？」她的聲音更低沉了。

『我是在對方跟磯田說話時想到他是不是富田曉的。疑似富田曉的那位客人在問自己的新書內容時，磯田突然開始推薦起富田曉的出道作，就算那位疑似富田曉的客人說：「不是這個，那新書呢？」磯田還是固執地繼續說《前所未有的伊甸》。因為他們的樣子似乎有點怪，我就偷偷瞄了幾眼，結果看見客人的臉後嚇了一跳。』

那幅光景鮮明地浮現在腦海裡。我壓下不安，佯裝冷靜繼續提問：

「妳認得富田曉的長相嗎？」

『店裡不是有貼簽名會的說明嗎？上面也有放照片。雖然那位客人戴著毛帽，但我反而很驚訝為什麼大家都沒有發覺。不，或許真的是我看錯了，但總覺得有點孤單。』

我能理解這種心情。當覺得只有自己被某件事緊緊相逼，不懂為什麼大家都能那麼悠哉時，會感到非常孤單。

「這樣啊。對不起，如果當時我在的話就好了。」

『不，不是妳的錯。』

「真的很抱歉。其他呢？還有沒有什麼事？」

『因為我也要應對其他客人，沒看到全程。不過，富田曉之後還是繼續在店裡到處晃，感覺很不耐煩。他什麼都沒有買，離開時看起來怒氣沖沖的樣子。』

最後，「疑似」兩個字從木梨的話裡消失了。

「我知道了，謝謝妳告訴我。」

『抱歉給妳添麻煩了，其實這種事應該先跟店長報告的……』

我了解木梨的話尾不得不含糊的心情。跟一些將店長評為「溫柔可靠」的工讀生不同，木梨把店長看得一清二楚。這也是為什麼我會信任店裡這個年紀最小的員工。

「沒事，我明白。真的謝謝妳跟我報告。」

我再三強調感謝，掛斷電話。從神樂坂前往飯田橋車站的途中，我察覺到心中的激動，視線落在手機畫面上。

幸好，富田曉的社群帳號從昨天起就沒有更新。不過，就在我跳上了返回三鷹站公寓的電車時，帳號就像是看準時機般發出了今天的第一則內容。

〈大約一年前左右，有件令人很不愉快的事。我打算將記得的都寫出來。〉

熱情的讀者立即給予回應。從〈好久沒看到罵人老師了！〉和〈我等很久了～〉這樣的回覆，可以想像帳號主人大概定期會做這種事吧。

儘管是下班尖峰時段，我卻幸運地能有個座位。不過，我連自己坐下來這件事都沒有意識到。看著自第一則起便毫不間斷、一條接一條發布的內容，冷汗從全身上下的毛孔竄了出來。

〈這是某間書店的事。〉

〈那間書店的店長拜託我辦簽名會。〉

〈而且還不是透過出版社，是用這個帳號傳私訊給我。〉

〈當然，我覺得可以搭配新書上市便很乾脆地答應了，令人驚訝的是，那位店長並不知道我要出新書的事。〉

〈既然如此，是為了什麼原因拜託我呢？（汗）〉

〈回想起來，從那時候我就有不好的預感了。不過，我一個菜鳥作家沒辦法拒絕人家。〉

我讀著陸陸續續更新的內容，心中「不好的預感」恐怕不是當時的富田曉所能相比的吧。

不，以「當時」來看待這件事實在太樂觀了。若是將一切套用到「今天」，所有狀況都對得剛剛好，腦中無法避免地閃過我們家店長的蠢臉。之後的發文也都與木梨報告的內容完美吻合。

大概是將已經寫好的文章剪下貼上吧，富田曉一則接一則地更新訊息。

〈身為三流小說家的我〉對書店的應對感到不安，〈剛好想買一本書〉，〈又恰巧有其他工作到附近〉，便拜訪了那間書店。

儘管〈距離簽名會只剩三天〉，書店對我的新書卻處理得很隨便。當〈我帶著悲傷的心情盯著陳列平臺〉時，一名〈自稱負責文藝書籍的女店員〉向我開口。店裡用〈很沒品味的方式〉，〈貼滿放了我照片（順帶一提，我並沒有同意）的簽名會說明〉。

〈感覺很傲慢的女店員〉不知道是什麼意思，不停向我推薦出了文庫版的《前所未有的伊甸》。〈我帶著想哭的心情〉向她詢問新書感想。〈感覺很傲慢的

女店員〉這次不知為何跟我推薦了〈其他作家的新書〉。〈我實在太不甘心，真的很想哭。〉

之後，〈我還看到自己的書被放進類似退書籃的地方〉，目擊到〈海報翹起來，店員假裝沒看見〉，儘管遭到〈慘烈的對待〉讓我懷疑自己是不是〈犯太歲〉了，但我最後放棄，〈覺得沒有讓人用心對待是我自己的錯。〉打算至少跟店長打聲招呼再回去。

〈最精采的是那個店長。〉

這則訊息上傳時，電車抵達了三鷹站。我像個不停行走在沙漠的旅人，汗水溼透了衣服，一回神，甚至有想吐的感覺。

我不想再承受更多打擊了。我拿著手機穿過票閘。簽名會真的能順利舉行嗎？富田曉不會氣得取消嗎？

要是乾脆取消的話也沒關係了——我抱著這樣的想法，心一橫，打算卸載那個社群網路的ＡＰＰ。

就在這個時候，視線最後捕捉到的，是這樣令人絕望的文字。

〈雖然是自己邀請我的，那位店長卻直到最後都沒有發現我是誰。他露出沒有惡意的表情，盯著簽名會的海報說了這句話：「富『山』老師現在是當紅作家……」〉

因為不想傷害磯田也不希望店長奇奇怪怪地把事情搞得更糟，結果我什麼也沒能說出口。

簽名會別說是取消了，表面上風平浪靜，平平淡淡地迎來了活動當日。

就連這麼緊迫的日子，店長還是繼續在朝會上講著沒有意義的話。

「無論發生什麼事我都會保護大家，所以請大家不用擔心任何事，堂堂正正，做自己認為正確的事。人類是一種很容易被一些小問題困住的生物，但是，我們不能迷失自己本來的目的。以我們而言，就是盡可能將更多優秀的書籍送到客人手上。更進一步的話，則是孕育這個世界的出版文化，傳承給下一個世代。只要能守護這個目的，其他都是枝微末節的小問題。責任由我來扛，我很期待大家的表現。」

雖然不知道是哪來的現學現賣，但完全沒有說進人心。無論那張臉多麼自信洋溢，說著多麼了不起的內容，我一點也不為所動。

我不經意看向木梨，她緊握雙拳，死盯著地板。武藏野書店販售的字典在「懷疑」的詞條裡一定附有木梨的插圖。

在打電話跟我報告後，木梨似乎也追蹤了富田曉的社群帳號。〈他一定是在說今天的事吧？〉〈我們店會不會遭殃呢？〉〈我當時果然應該跟店長報告才對嗎？〉〈富田曉已經不會在我們店裡開座談會了吧？〉〈真的很對不起。〉……面對一封封傳來的訊息，我的心情比看富田曉的發文時更加鬱悶。

讓一個時薪九百圓的大四工讀生這麼痛苦，哪裡「責任由我來扛」啦？哪裡「將出版文化傳承給下一個世代」啦？我們不需要高談闊論的人生訓勉，總之，不要給我添麻煩！已經好久沒有這樣了，對店長燃起的不是不耐而是就要爆發的憤怒。

店裡從早上顧客就不多，宛如暴風雨前的寧靜。耳畔一直流入店裡播放的音樂，店裡上上下下繃著一層緊張感。

緊張的來源大概是我和木梨。

「妳今天表情怎麼那麼可怕？好恐怖喔。」

午餐時間，磯田似乎還是察覺到了異常，不安地問我。「沒什麼，很平常啊？」我雖然暫時露出笑容，但一定無法隱藏內心的煩悶。平常堅持不到五分鐘的便當一直沒有減少的跡象。

我不知道新宿或神保町那邊大書店的情況，本來，像武藏野書店這種中型書店是很少辦小說家座談會的。

我們平常會接觸到作家，大概只有在作家來書店簽書順便打招呼的時候，那種時候只要維持大約二十分鐘的客套微笑便能應付過去。偏偏只要遇到有特別情感的作家我便經常緊張得無法言語，陷入自我厭惡中，但只要是簽名的話，總是有辦法應對。

然而，座談會就另當別論了。作家停留的時間不是前者所能相比的，而既然是我們找對方來，便絕對不能失禮。最重要的是，富田曉已經和我們產生糾紛了。

部分敏銳的讀者看到那一連串的發文，出現了〈這真的是一年前的事嗎？〉〈不是這次的武藏野書店嗎？〉的聲音。富田曉對此沒有答覆，也沒有否定讀者進一步〈感覺已經是肯定了。〉的回應。

時間一分一秒過去，糾結在店裡各處的緊張氣氛交織成一團，在下午四點座談會開始一個小時前一口氣爆發。一行將近十人的隊伍像是古代大官出巡般從正面入口而來。

雖然不知是什麼關係，其中也有散發出夜晚氣息的女子。一位看似出版社責任編輯的人對恰巧站在一旁的我說：

「承蒙關照，我是蒼井出版社的三宅。感謝你們今天的邀請，請問簽名會的負責人在嗎？」

對方是我沒看過的編輯，我認識的業務也沒有來。富田曉在三宅編輯的背後和女子談笑風生。

「請、請稍等。」我瞬間感到膽怯，本來應該是由負責文藝書的我來應對卻臨陣脫逃。

被叫出來的店長沒有絲毫緊張的樣子，東張西望地說：「唉呀，感謝各位今天光臨我們這麼小的書店。嗯……富田老師是？」

「啊，是我。」

富田曉露出嘲笑的神情舉手，店長則是回以一記燦爛的笑容。

「喔喔，初次見面。敝姓山本，是武藏野書店吉祥寺總店的店長。感謝您百忙中來這麼遠的地方。」

「啊……」

「您本人和作品給人的印象很不一樣呢。」

「是嗎？怎麼不一樣？」

「唉呀，您是位大帥哥呢。看您的作品我以為您的風格會更偏文藝青年一點，嚇了一跳。」

兩人一來一往的對話令我冷汗直流。圍在富田曉身邊的人也都露出相同的表情。看他們這個樣子，我了解到大家都知道前幾天的事。

「谷原、谷原……」

回過頭，磯田正以我為擋箭牌，站在出版社一行人的視線死角，拚命將蒼白的臉蛋別到一旁。

平常總是很強勢的聲音像小動物般地顫抖。

「那、那個，我知道，我知道——」

「嗯，沒事。我也知道。」

「咦？知道什麼？」

「我也知道妳認識富田老師。」

我並不打算責備一臉後悔的磯田，我想發怒的對象，是越來越眉開眼笑，正單方面滔滔不絕講述自己對富田曉作品的愛，也就是謊話連篇的店長。

不過三天前，他已經跟自己公開表示是「超級粉絲」的小說家說過話了，為什麼他可以沒發覺這件事呢？

即使待在五坪中有四坪半遭貨物占據的辦公室裡，富田曉依然保持笑容。我們也平安無事完成了在兒童故事空間舉辦的座談會。手忙腳亂的，大概只有為了收到號碼牌的三十名讀者外，「富田曉在社群網路上拜託的幾名粉絲」臨時準備旁觀空間這件事而已。

內心緊繃的弦再次拉緊，是緊接在座談會後的QA時間。幾名沒有拿號碼牌來的「富田粉」交錯提出犀利的問題。

其中一名這麼問：

「幾天前，您在社群網路上痛批一家書店。關於這點，您怎麼看今天的這間武藏野書店呢？」

我和木梨以及大概不懂這個問題意義的磯田倒抽了一口氣。提出問題的讀者露出不懷好意的笑容。

看著那個表情，有一瞬間我甚至懷疑是不是富田曉安排他這樣問的。又或者，是為了讓他們問這些問題才邀請這些人來這裡的。

當然，我無法探究真相，富田曉的表情也沒有變化。

「不不不，這間店的人都很親切喔。不知道是不是顧慮我的關係，都說是我的書迷，是很舒服的一間店。」

來賓席上響起熱烈的掌聲，店長得意地用力點頭，我和木梨放心地吁了一口氣。

我還以為完蛋了。現在只要平安克服簽名會再回到日常生活就好了。神明大概覺得我的這些心思太大意了吧。像是拒絕安穩的空氣般，富田曉補了一句：「啊啊，不過——」

空氣瞬間凍結，唯一沒有變化的，只有店長的表情。富田曉淡淡說道：

「這麼說來，我還沒有問大家對新書的感想呢。嗯……有負責文藝書的工作人員吧。我記得——」

富田曉從名片堆裡抽出磯田的名片。那是磯田曾歡喜地對我說「第一張給妳」的新出爐名片，上面加了「文藝書負責人」的字樣。

回想起那天，一股憂鬱襲來。

「嗯，磯田小姐。磯田小姐，妳在哪裡？」富田曉透過麥克風向全場發問。

「呃，有。我、我是磯田。」無路可逃的磯田從我背後發出細如蚊蚋的聲音。

富田曉滿足地點頭，向磯田招招手。他讓不安的磯田站在自己身邊後，像主持人一樣把麥克風遞向磯田。

「妳覺得我的新書《贖》怎麼樣？」

「那、那個，不好意思，我……」

「咦？妳是磯田小姐吧？負責文藝書的磯田真紀子小姐。」

「是的，我是。」

「順便問一下，妳看過我的書嗎？我的出道作《前所未有的伊甸》之類的。」

「有，那是我最喜歡的書。」

「這樣啊，謝謝妳。那麼，這次的作品怎麼樣呢？」

「不，那個……」

任何事。

磯田再也承受不了，以求助的眼神仰望我。我只能緊咬唇瓣，無法為她做

「不，我拜讀過了。」

「妳沒看嗎？」

就某種意義而言，我覺得這是對我們的懲罰。懲罰我們背著富田曉，以志同道合為藉口貶損他的作品。身為書店店員，那些想法應該要藏在心裡吧，若是表明出來，或許就該負起責任和有所覺悟。

我一面反省自己，另一方面卻也不禁對場內漸漸變得好戰的空氣感到一種不協調。「如同找到獵物的鄉民」、「宛如目中無人、批判媒體的政治家」，腦海中浮現了這些文字的影像。

怎麼回事……我問自己，然後很快便理解了。沒什麼好奇怪的，這是我反覆翻看的《前所未有的伊甸》中，我深受感動還標記起來的段落。是短短幾年前，富田曉自己寫下的內容。

富田曉為什麼會做出這種宛如公開批鬥的舉動呢？我不費吹灰之力便能理解。他想讓令自己丟臉的磯田在眾人面前道歉。不然就是即使是強迫，也要磯田說出「好看」兩個字。

如坐針氈的時間持續了一陣子。磯田滿臉通紅，含糊其詞，最後終於低下

頭。

「怎麼了？我的新書很難看嗎？」富田曉不停止追問。臺下的讀者追捧著這樣的行徑，編輯也只是在一旁看著，沒有加以阻止。我明白，所謂的小說家一定是孤獨的生物吧？總是一個人工作，嘔心瀝血寫下的內容還要遭人肆意批判。

變得疑神疑鬼、不相信他人，才想在身邊放些應聲蟲。這些心情我都非常理解。即使如此，他們還是寫出了震撼人心的作品，因此我才會尊敬他們。《前所未有的伊甸》毋庸置疑就是那樣的作品之一。可是，這種做法絕對是錯的，絕對不對。

即使我們有必須反省的地方，也不能允許這種有如公審的做法。我能如此抬頭挺胸地肯定，正是因為《前所未有的伊甸》裡有著極類似的描述。

三個女主角各自所屬的群體裡，各自存在著穿著新衣的國王與跟班。

主角無法接受他們強迫的規則，犯了微小的失誤卻遭人放大批判、究責。當時最溫柔站在她們這邊的不是別人，正是富田曉。

富田曉寫過「不要讓強者奪走你的驕傲」，我愛的那本書裡這樣寫道：

「跟想要剝奪你驕傲的人對抗」……

逼迫人的大道理、四周不懷好意的視線、不負責任的惡意、期待發生些什麼事的壓迫感……

我終於了解一直盤踞在會場中的那股煩悶究竟是什麼了。因為，現在這個會場裡壓倒性的強者是富田曉。

「那、那個，我……」

磯田抬起頭，再次盯著我看。我向前跨出一步，我絕對不會讓她說。無論什麼理由，就算我們渺小得馬上就會遭到踐踏，面對自己覺得不好看的作品，我也不會讓她說出「很好看」。這就是身為書店店員的我們絕對要保護的驕傲！

「不好意思——！」

我下定決心揚聲，然而，聲音卻沒有響徹狹小的會場裡。店長不知在想什麼，神采飛揚地伸手攔住我，透過麥克風朗聲道：

「磯田真紀子，沒關係，把妳的想法照實說出來吧。」

瞬間，會場鴉雀無聲。混帳，吵死了！不要做多餘的事！店長完全無視我內心的尖叫，繼續說：

「沒關係。妳看了富田老師的《贖》，覺得怎麼樣？」

「可是我……」

「沒事的。我最了解妳平常工作的樣子。妳是我所信任的文藝書負責員工，妳的感想當然是我們整間店的感想。我不是說過嗎？如果因此產生問題的話，所有的責任都由我來扛。請妳照實說出自己的想法吧。」

店長始終保持溫柔的微笑。他讓會場裡的緊張、激動和一部分的尷尬更上一層樓，聚集了眾人的視線。

不能原諒、怒火中燒、眼眶泛淚，我沒有半點認可店長的心情。然而，儘管不甘心，只有他剛剛說的那些話，我每一句都同意。

如果環境不能讓你表明自己認為正確的事，就笑嘻嘻地拒絕那種地方吧——

教我這件事的，正是《前所未有的伊甸》。我用力點頭。即使如此似乎仍然感到不安的磯田，眼瞳中終於進駐了豁出去的堅強。那是屬於平常天不怕地不怕的她的色彩。

「很抱歉，我認為小說這種東西十個人看就會有十種感想。對某人而言是救贖的故事，也可能藏有無謂傷害某人的可能。我不覺得自己的意見就是對的。」

「我沒問那種理所當然的事，只是問妳的感想。」

富田曉不感興趣地說道。磯田朝他柔柔一笑。

「是，請讓我以這個為前提來回答。很抱歉，失禮了，我認為《贖》寫得並不好。不過如果有信賴我的顧客，就算對方已經看過，我還是會想推薦《前所未有的伊甸》。當然，我並沒有失去對您的期待與信任，請早日寫出超越《前所未有的伊甸》的作品。各位編輯也是，不要只是一味恭維富田老師，請好好激勵他。我們也希望每次老師出新書時能全力為他加油。」

現場感覺就要罵聲四起，富田曉弭平了這股暗流。

「這樣店長真的可以說自己也持相同意見嗎？」

富田曉終於失去了冷靜，聲音氣得發顫。店長的從容不為所動。

「是的，這是包含我在內，整間店的想法。」

「既然這樣，那你為什麼要找我呢？」

「什麼？」

「你沒必要找寫了這種爛書的作家吧？你不覺得特地把我找來，是很過分的行為嗎？」

富田曉說得沒錯。如果覺得書不好，不需要特地以這本書邀他來。

我和不知不覺間站到身旁的木梨嚥下口水，看著事態發展。會場的緊張感並沒有傳到以遲鈍為賣點的店長身上。他以「事到如今怎麼還在問這個」的態度嗤聲道：

「因為這間店以這位磯田為首，有許多人是您的書迷啊。我也是您的超級粉絲。」

「哈，你不是吧？」

「不不不，您的作品從出道作開始，我全都拜讀過了。」

店長大言不慚。才懷疑他這樣不會被看穿嗎？果不其然，富田曉使出殺手鐧。

「照你這麼說，你有發現自己幾天前才跟你口中說是超級粉絲的作家說過話嗎？我來過這裡喔，你沒發現吧？」

「怎麼可能沒發現？我當然有察覺到啊。您是我最喜歡的作家，不可能沒發現。」

「你說謊。你那天的舉動完全沒有認出我的樣子吧？」

「您私底下來書店，我還沒不識趣到擅自跟這樣的您搭話。您那天將毛帽戴得很低，我想或許是偷偷過來的。無論如何，既然您沒有主動說出姓名，我也就裝作沒有察覺的樣子。」

「你一定在說謊，別騙人了！因為你連名字都搞錯了！你看著有我照片的海報說『富山老師』，你忘記自己這樣說過了吧！」

兩人似乎都沒發現自己是透過麥克風對話，富田曉的耐性似乎抵達了臨界點，尖銳的聲音貫穿眾人的耳膜。

儘管如此，店長臉上依舊保持從容不迫的笑容。

「很抱歉，這件事的確應該道歉。不過，這絕不是藉口，但我是個偶爾甚至會把父母名字說錯的人。」

現場充滿一張張目瞪口呆的面孔。「啊？什麼意思？」面對富田曉的質問，店長虛弱地聳聳肩膀。

「這是我少數的缺點之一。我從以前就很不擅長記名字，總之，甚至連自己的名字都說錯過。」

這絕不是什麼值得自豪的事，店長卻凜然地挺起胸膛。店長叫錯名字的情況真的很嚴重，幾乎可以稱作是藝術了。以我為例，叫成「谷岡」、「谷口」都還算好的，有時也會出現「山原」、「西原」這種只有第二個字「原」存活的版本，或是最後連原型都不見的「釜石」或「太田垣」。

充滿攻擊性的空氣中微微滲進笑聲。店長大概也沒有察覺到店裡微妙的變化，繼續反問：

「您才是忘了吧？『如果社會上的規則不能給你幸福，那絕對是社會規則的錯！』這段提供您出道作《前所未有的伊甸》的推薦文。」

某個東西「砰」的一聲擊中我的胸口。富田曉愣了一下，隨即打起精神搖搖頭。

「沒、沒那回事，我當然記得啊。」
「那是請我們店裡員工寫的感想喔。」
「咦？」
「那是磯田的文藝書前輩，本店的谷原京子所寫的感想。剛才打招呼時我應該先說這件事的。她當初似乎還有收到您的信對吧？其實，我會成為您的書迷也是受到那位員工的影響。我當時心想，是什麼小說能讓我打從心底信任的員工那麼感動呢？一看之下大受衝擊，強烈感受到文壇似乎出現了一個用真心寫小說的人。我還清楚記得當時內心因為新時代小說家登場的躍動。」
店長不疾不徐地唸完我的推薦文，富田曉的嘴巴開了又闔，闔了又開。會場興起一股小騷動，某處座位飛來一句「店長幹得好！再多說點！」引起了笑聲。
勝負已定，形勢完全逆轉了。我沒有因此感到痛快，反而覺得有些無法釋懷。並不是富田曉成為眾矢之的就好，若只是強者互換，根本沒有意義。
店長似乎也有一樣的想法。雖然他一連串的舉動一點都不令人佩服，但若說今天這件事有什麼值得讚賞之處的話，大概就是他的始終如一吧。
店長伸出手，就像剛剛對我做的一樣擋住就要騷動起來的會場，接著，像對孩子諄諄教誨般對富田曉說：

「我們的工作並不是取悅各位作家，而是與作家並肩而立，凝視相同的方向，對抗出版業不景氣的風浪。一味取悅您或是相反地，讓您氣沖沖地回去並不能解決什麼問題。我們奉獻的對象不該是那些枝微末節的小事，而是更加本質的東西，不是嗎？」

店長頓了一下，深深鞠躬。

「富田老師，請您不要忘記初衷。您有震撼人心的天賦，懇請您千萬不要讓周圍那些只是討好的人觸碰您閃亮的才華，不要讓才華受到汙染。這是身為同在這片出版汪洋中掙扎的人的請求。」

我差點不小心落淚。沒錯，真的是不小心。因為，說出這段感人肺腑演講的人不是史帝夫・賈伯斯，而是山本猛店長。

店長滿足地瞇起眼睛，不知為何看向我，我心中只有不好的預感。

「就像您擁有寫作才華一樣，我們店也有一個人擁有將作品遞到顧客手中的天賦。」

不，不對……停下來、停下來、停下來、停下來……不管你想開什麼話題還是怎麼開，現在絕對不是好時機，拜託你停下來！

我拚命禱告。今天，以高超的敏銳度捕捉我內心所有想法的店長，卻在最重要的這個場面變回原本的店長。

「那麼，接下來請谷原京子為我們帶來對《贖》的感想。」

店長舉起手，就像在說「那麼，接下來請鄧麗君為我們帶來《贖》……」一樣。

面對這樣的他，我只有無以復加的怨恨。

第三話　雖然敝公司董事長少根筋

尖銳的笑聲劃破冰冷的空氣。

「啊啊，好強！快笑死我了！店長還是一樣超棒的耶！」

這個人原來這麼粗俗嗎……？我對自己發問，然後堅定地搖搖頭。

「我以為我是在講超級糟的事……」

「唉呀，很棒啊！非常棒！太獨特了。我可能有點被店長圈粉了。好想再見他一面！」

深夜一點，神樂坂的「美晴」裡別說是其他客人，連老爹也回到主屋裡休息了。看起來比平常還要疲憊的石野惠奈子小姐掀起門簾時，剛好是凌晨十二點。我心想反正明天休假，便陪她一起喝酒。

她坐在吧檯前，我在吧檯後隨便做了點下酒菜，直到乾杯前一切都很好。其實，我原本打算聽石野小姐談談她疲憊的理由，但她一句「妳最近怎麼樣？店長還是一樣有精神嗎？」瞬間引爆我的不滿。

我想說的，當然就是我工作的武藏野書店吉祥寺總店舉辦的富田曉簽名座談會。

那天，白痴店長像介紹歌曲一樣要我對富田曉的《贖》提出感想。我一直懷抱的憤怒與感慨、熱烈迸發的書店店員驕傲與對共事夥伴的心意全都輕而易舉敗給了滿溢的壓力，灰飛煙滅。

「不、不……還好吧？我、我、我覺得很好看啊？」

直到前一刻為止，我應該是這麼想的——我絕不會讓磯田這個就要被迫說出「很好看」的後輩說出那種話。即使會輕易遭到踐踏，但那是我們身為書店店員的驕傲——我強烈地這麼認為。

然而，我卻若無其事地說了「很好看」。即使事隔多日，我仍忘不了那一瞬間磯田臉上彷彿查「失望」就會出現在字典中的神情、富田曉顯得意外的蹙眉以及店長莫名滿足的臉孔。

石野小姐非但沒有同情我，最後還眼眶泛淚，「乒乓乓」地拍起吧檯。

「鄧麗君啊。啊啊，貴店店長山本先生好有趣，笑死我了。」我無視一副還想繼續說下去的石野小姐，改變話題。

「那個，不好意思，石野小姐是不是出版界的人啊？」

石野小姐嘴角掛著剛才的笑容，用力擦拭眼角。

「咦——什麼？妳怎麼會這樣問？」

「因為妳總是在看書啊。這附近有很多出版界的人，加上妳看書常常做筆記，所以我和老爹說妳可能是編輯之類的。」

雖然是自己提出的問題，但我覺得答案應該是「No」。不，是我期待聽到否定的「No」。石野小姐像是回應我的想法般，明確搖搖頭。

「很抱歉，我的工作沒那麼高尚，我只是個有點喜歡書的酒鬼。很抱歉不能回應妳的期待。」

「不，也不是什麼期待。」我這麼說並不是顧慮對方。我深吸一口氣，端正姿勢。

「那，我換個問題喔。石野小姐很久以前是不是在書店工作過呢？」

「啊？這次又是為什麼？」

「因為我總覺得好像看過妳。我回溯記憶，想到了以前常去的一間書店。那間書店在神保町，有位很漂亮的大姊姊。我很喜歡那位大姊姊，她總是會推薦繪本給我，為我創造了喜歡書的契機，我想妳或許——」

「啊啊，京子，抱歉，對不起。」

石野小姐不好意思地打斷我的話。看她蹙眉的神情我便知道她要說什麼了。

石野小姐直視我的雙眼，聳著肩循循善誘：

「對不起，我真的無法回應這份期待。我說了，我只是個喜歡書的酒鬼，沒有在書店工作過，而且根本也不『漂亮』。真的很抱歉，京子。」

如果時間能倒流的話，我想現在就倒流。在那場地獄座談會後大約過了一個月，沒有一件好事發生。

那日的嚴重失態，讓我再次失去了可愛的後輩一度走近自己的信任，切身感受到同事間冷淡的目光。我每天忙著處理客訴、書籍上下架和新人教育訓練，甚至連保障自己的看書時間都不能如願。就算憤而決定「既然如此，乾脆來賣想賣的書！」想操作的書籍卻偏偏完全不進來。

大概是「再販制度」——這種維持書籍固定售價制度的弊病吧，出版社很怕退書，開口閉口便是以「實際銷售成績」縮限鋪給我們的出貨量。想賣的書籍也無法如願進貨——這是我成為書店店員後最震驚的一件事。

喜歡的作家新書一本都沒進貨不是什麼新鮮事。若和那本書的出版社業務交情不深，或是往來館這家明擺著瞧不起武藏野書店、業界最大出版社出的書便更是慘不忍睹。

當然，就算拜託經銷商也沒有書。日復一日在下單系統上敲下「期望數量：3」，是多麼樸實單調的作業啊。

系統另一邊的人也不遑多讓。日復一日規規矩矩地標示著「出貨量：0」。不耐焦躁到了極點後，不知何時起，我開始對機器產生了奇妙的一體感。

一次，我自言自語地說：「欸，電腦，你每天也很辛苦呢。」把身邊的小柳嚇一大跳。

自從在書店工作後，我便再也沒有「只是幾本書」的這種想法了。我們切身感受到要賣那幾本書的辛勞，以及那幾本書遭竊的心痛。

另一方面，也對不肯鋪那「幾本書」給我們的出版社和經銷商有著深深的怨念。我是不知道他們有多怕退書，但我可是下定決心要為自己採購的書籍負責，賣到最後一刻的！

內心生出這股火氣的同時，我也進一步理解了經銷商和出版社的心情。

基本上，所謂的書店就是騙子。只因為看別間店似乎賣得不錯，自己沒看過也沒有下定應有的決心，便想方設法地進書。

舉例來說，有個技巧叫「偽訂單」。是種雖然沒有客人下訂，卻謊稱「有客人訂書」，強迫上游出貨的方法。

當然，儘管書籍順利入庫，實際上卻沒有訂書的客人，一段時間沒賣出去的話便會退書。這段期間內，全國或許會有某間書店面臨雖然想認真販售該本書、出版社卻無庫存，無法販售的情況。

得意洋洋教我這個技巧的，是如今已不在店裡的一位前輩。當那名前輩認識的出版社業務出言挖苦時，前輩還臉不紅氣不喘地撒謊：「唉呀，訂書的顧客好像人間蒸發了，我們也很困擾。」一點也不害臊。

前輩當時的笑容卑鄙得令我無法直視。說到這，他也曾說過：「與其在下單系統上填『補書：10』，還不如麻煩點，重複寫『顧客下訂：1』。」他的表情在我眼中果然還是很沒品，每次回想起來都滿腔抑鬱。

自從開始做這份我過去憧憬的工作後，我經常這麼覺得，無論是出版社、經銷商、書店還是像我這樣一介書店店員，大家都過於短視近利，導致落入不幸的深淵，典型的禍起蕭牆。

無論如何，我認為有賣書熱情的書店沒有書進來是件很悲哀的事。

雖然出版社沒有庫存，書籍卻充斥在市面上的書店裡，因此會標記為「無庫存，暫無再版計畫」。不知從何時起，我變得只要一看到電腦螢幕上顯示的這句話就厭煩。

久違想起這些是因為發生了一件事。那天，我難得上晚班，午後出勤的我看到了一張傳真。

傳真上印有《系魚川斷層韭菜連環殺人事件》這本小說的封面，旁邊龍飛鳳舞地寫著：

「本週日《晨間飛行》將介紹本書！」

瞬間，我目瞪口呆。接著，喉嚨發出憤怒的低鳴。某民營電視臺的《晨間飛行》是星期天播出的資訊類綜藝節目，有著亮眼的收視率，十分知名。最近，節目中難得出現了認真介紹小說的單元，做為一個極具效果的單元，也難得地在書店店員間流傳開來。

《系魚川斷層韭菜連環殺人事件》是比我小四歲的作家，宮城 Lily 的出道作。

儘管上市時沒有引起太大的話題，但在某大型書店超級店員的強力推薦下，開始零星在一些地方慢慢賣起來。看過雜誌報導後，我也讀了這本書。就像目中無人的書名一樣，《系魚川斷層韭菜連環殺人事件》是本風格嶄新、令人驚奇的小說。

可用輕小說也可用純文學來形容的輕快文體，將男人之間的戀愛姿態與絞殺案重疊在一起卻絲毫不牽強，淒涼的殺人動機和系魚川斷層之間的必然性，加上韭菜在最後的最後以射擊武器之姿登場的效果，令我在結局放聲大笑的同時又嚎啕大哭。

我已經很久沒有經歷這種發自體內深處顫抖的閱讀體驗，打從心裡希望能以書店店員的身分見證文壇新興的才華。

不過，武藏野書店吉祥寺總店只進了三本《系魚川斷層韭菜連環殺人事件》，其中一本已經被我買下。即使想大規模陳列，只有兩本書也無法鋪在平臺上。

不幸的是，這本書的出版社是我很害怕的往來館。負責的業務明顯瞧不起武藏野書店。

無奈下，我試著打開下單系統，上面一如往常標示著「無庫存，暫無再版計畫」。還以為自己早已無感了，那天不知為何卻異常火大，向辦公室裡的店長逼問：

「喂，你這個混帳！你在總公司上班的時候跟一堆出版社的人交換過名片吧！給我直接去求他們送書來！每天只會開什麼無聊的朝會，偶爾也發揮一下功用！給我振作一點！」

當然，我不是用這麼粗暴的說法，但節略下來內容大致是這樣。

就算是店長也啞口無言。

「等、等一下。妳怎麼那麼氣啊？我平常都是照妳的要求寄信給出版社喔。」

「但從來沒有因此進過一本書不是嗎！」

「那就不關我的事了。」

「為什麼！」

「不，我就說——」

「因為你的人緣差得讓人吃驚！」

我自己提出問題又劈頭指責對方，店長頓時可憐兮兮地垂下眉毛。

那一瞬間……真的只有一瞬間，我想起了很久以前老家鄰居養的狗。那是種叫義大利靈緹犬的狗，身形本就修長，過世前更是枯瘦到不忍卒睹的地步。我那時每天經過鄰居家都一直哭泣。

腦海裡閃過這段古老的記憶令我突然想原諒店長。不過，店長在不湊巧這件事上無人能出其右。不知為何要擺在狹小辦公室裡的電視中，正播放Liberty書店神田總店的特別報導，是前面說的那位超級店員的所屬書店。

書店入口，某文壇泰斗的新書堆起了高得不像樣的書塔。名為田島春彥的店長接受訪問說：「怎麼樣？很壯觀吧？我把這個取名叫『晴空書塔』。」

這傢伙擺出了所謂「得意洋洋的表情」。還好那些書不是《系魚川斷層韭菜連環殺人事件》，但跟我們店長分屬不同類型的輕浮，令我全身上下每一個細胞狂烈顫抖。

「喂，你這個臭店長……」

過分的不湊巧，令我不小心洩漏了心聲。

「咦？妳在說我嗎？」店長眨著滴溜溜的眼睛。這次，沒有再和義大利靈緹犬重疊了。

「當然是你！你悠哉個什麼勁啊！竟然允許『晴空書塔』的存在！你要生

氣、要大叫！就是因為讓大書店做這種事，我們這種弱小書店才會一直沒有書進！混帳，你也該振作起來了！」

我知道自己是惱羞成怒。可是，無論如何我都無法原諒被區區一名約聘員工揪住領子卻始終笑嘻嘻的店長。

《晨間飛行》要報導我和店長曾經起過那種爭執的書。「想賣的書」將變成「確實會大賣的書」，但店裡在應該賣的時間點上卻沒有這本書。

回想起來有些丟臉，也越想越生氣。不過我已經知道，一味的煩躁不安吃虧的還是自己。

應該同樣在幾天前看到傳真的店長有什麼感覺呢？不，他一定什麼感覺都沒有。發現他比平常的朝會時間更有幹勁時，我意識到今天是星期三。

店長在朝會上表現慷慨激昂的日子，一定是星期三。

「各位，聽好了！本來我是不想這樣說的，但最近大家實在太沒有精神了！我想了想理由，最後得到了一個答案。大家知道嗎？沒錯，我發現這個朝會本身就完全沒有活力！」

喂喂喂，你是想選舉嗎……我用力壓下不滿，一直低著頭。

不用抬頭，眼前也能浮現身旁夥伴們的表情。煩躁、無奈、憤懣盤踞在店裡……這個人的內心真的很堅強。如果有一天我要成為店長的話（雖然到時候我一定會堅定拒絕），才忍受不了這種氣氛。

不只是吉祥寺總店，武藏野書店共六間店的店長，都固定在星期二和星期四休假。

乍看之下似乎保證了店長的週休二日，實則不然。因為創立武藏野書店的老闆——柏木雄三董事長精明幹練，將一週一次的店長會議定在星期二下午。

也就是說，各店店長都要貢獻出寶貴的休假。儘管這種暴行應該會衍生出不勝枚舉的抱怨，但聽說在公司創社四十年的歷史中，從沒發生過這種事。大家都打從心底畏懼年過七十、如今依然威風八面的董事長。很遺憾，長年被丟在武藏野書店架上的字典裡，還沒有「職權騷擾」的詞條。

畢竟，總店店長就是那副德行。雖然聽說每間店的店長都是半斤八兩的呆子，但在這點上我真的很同情他們。多悲哀啊，寶貴的假日被叫到董事長家，有時候搗年糕，有時候喝根本不想喝的酒，還得聽董事長喋喋不休講著「年增率」、「年增率」的，挖苦跟去年同月份相比的營業額吧。

這一天對大部分的店長而言鐵定是個厭煩的日子。不，我用「大部分」來形容一定不正確，應該是六間店中有五間店的店長，每週都要經歷一段最爛、最差勁的憂鬱時光吧。

那麼，剩下的一個人是誰呢？當然是我們的山本店長。既然如此，山本店長又是怎麼看待這一週一次的會議呢？令人驚訝的是，他滿心期待。

那是某個剛過完年的星期一，加班中的店長本人親口說的。

「啊啊，好期待明天喔。」

要是現在，我應該會裝做沒聽到，但當時的我還很單純，向看起來很希望別人問下去的店長問：「這麼說來，店長明天休假吧？你要做什麼嗎？」

店長一副「就等妳問」的樣子，挺胸回答：「我要去董事長家開店長會議。」「店長會議？」他盯著反問的我，露出孩子般的笑容說：「嗯，明天各店店長間要進行羽毛毽大賽。」

由於無論是這句話的意義還是店長笑的理由都太讓人難以理解了，我只能回答：「啊……這樣啊。」還記得，當時包含羽毛毽在內，我內心的「？」實在太多，感覺極為孤獨。

總而言之，山本店長是武藏野書店數一數二的董事長派，打從心底信奉老闆的樣子令人絕望，倒不如跟我說他那樣是為了出人頭地還比較讓人放心。

突然提到朝會的這一天也是，店長一臉恍惚地滔滔不絕：

「昨天，敝公司董事長在店長會議時說了，一年之計在於春，一日之計在於晨。控制早晨的人便控制了一天。還說：『越過憤怒的早上吧！』字字句句，深入我心。」

我是字字句句都沒感覺，最後那句甚至意義不明。店長像是真的感動至極般說不出話來，接著按照往例，向大家展示他藏在背後的一本書。

「這是敝公司董事長二十年前付梓出版的商業書。即使現在來看，也充滿了金玉良言。其中，對於早晨有清楚的記述。敝公司董事長從幾十年前便注意到了早晨的重要性。」

這種事不用說我們也知道。所有進入武藏野書店的員工，不論正職、約聘還是工讀生，每個人都被迫要讀董事長寫的《人生守則》。

店長神情陶醉，眼睛最後閃著光芒。事到如今，已經無法停止了。店長誇張地用大拇指拭了拭眼角，我有不好的預感。

「其中，也寫到了朝會。」

不，停下來，等一下。

「敝公司董事長提到，朝會有暴露情感的效果。」

叫你不要說了。

「因此，我也看了這本書，深受感動。我會借給大家，可以的話，請各位也看看這本書。」

董事長著書的後面，出現了另一本書，封面寫著「員工幹勁爆發 全力以赴男人的朝會！」。當然，我也知道那本書，那是幾年前莫名暢銷的自我啟發書。

我沒有要一竿子否定所有自我啟發書的意思。不，我一本也不會否定。我們每個人都是依賴著某件事物而生。若其中存在救贖，那麼，無論是多麼可疑的自我啟發書還是來路不明的宗教，想怎麼依賴就怎麼依賴。對我而言，小說就是最棒的自我啟發書，也是我的人生指標。

然而，其中有個絕不能介入的東西，那就是「強迫」。如果只是看書後感動便無所謂，學以致用，盡情將那些事物變成跨越明天的活力就好。

但唯有強迫他人這件事不可行。就是有「強迫」介入，才會衍生出沒有意義的誤會和嚴厲，這個世界才會這麼令人窒息。欸，是吧？你懂吧，店長——

這個呆子當然接收不到我的心聲，他溫柔地對大家說：

「各位，從今天起和我一起脫胎換骨吧。」

喂——！

「和我一起踏出嶄新的一步吧？」

混帳，給我適可而止喔。

「這並不丟臉，我們是身在同一艘船上的船員，當然，那艘船的船長是我。是我，是敝公司董事長！」

到底是誰啦！真是這樣的話，那一定是艘泥巴船。話說回來，「敝公司」、「敝公司」的吵死了！根本是誤用，給我去查一下字典！

我距離爆發只剩一步。啊啊，神啊，求求祢阻止這個笨蛋！臉上掛著微笑的店長拒絕了我內心迫切的吶喊。

「我真的很廢！」

突如其來的刺耳叫聲摧毀了早晨好不容易維持的清爽。我不知道發生了什麼事，其他員工也一臉呆滯。

店長不顧眾人目瞪口呆，再次喊道：

「我真的很廢！」

不，就說你突然間怎麼回事啊？這裡的每個人都知道你很廢！

店長以不可思議的眼神望著大家一陣子。不知為何，最後啞口無言垂下肩膀的人是他。

「我很驚訝大家竟然這麼害羞。我懂你們的心情，我也覺得不好意思。不過，我們必須脫胎換骨。來，試著踏出一步吧？」

店長循循善誘地低聲說，發出第三聲：

「我真的很廢！」

那本厚重的書到底寫了什麼啊？以大概跟店長意圖完全相反的方向，我決定讀讀看《男人的朝會》。

開朝會無所謂，退一百步來說，強制員工大喊這件事我也能理解。可是，喂！再怎麼說，強迫員工講「很廢」就太過分了。

只有一個人回應了店長的暴行。

「我、我、我真的很廢……」

雙頰發紅，低著頭輕聲細語的，是這間店年紀最小的工讀生，木梨祐子。

我知道木梨比任何一個人都還不廢。正因為這樣，她才會覺得不能放店長一個人，竭盡所有勇氣開口吧。

讓還是大學生的女孩子背負這種荒謬的東西──我內心糾結成一團。

對店長的怨氣愈發茁壯的同時，也對木梨感到抱歉不已。

幸好，大喊風的朝會沒有成為例行公事，店長則終於在包含工讀生在內的所有人心中威嚴掃地。

我也決定要徹底無視店長。難得對他開口，是在朝會事件的兩週後，照例又是星期三。

「今天，敝公司董事長要來視察。」

「咦……」驚訝脫口而出後，我又不小心說了：「啊，糟了。」持續兩週避開跟店長說話的努力瞬間化為泡影。

店長不疑有他。

「雖然他交代我絕對不能跟員工講，但我覺得先跟妳說一聲比較好。」

「為什麼要跟我說？」

「敝公司的柏木雄三董事長對總店的營業額很不高興，說：『搞什麼，明明是總店還這樣！』我昨天也被狠狠削了一頓。他好像對文藝書的營業額特別不滿意……不，我也想保護妳喔。可是，因為董事長的個性那樣，不太聆聽別人說話……」

我花了點時間才掌握店長話中的意思。我知道自己喉嚨深處發出了憤怒的低鳴，想起半年前那件不愉快的事。

「日本的藝文產業已經完了。今後，書店必須賭上自己的存活，多角企業化才行。」

「多角企業」的意思是「經營多種產業的大企業」。董事長恐怕是誤解了這個詞的意思就說出來，而接收到的各店店長又向下傳達給各自的前線員工，這是那樣的一天。

儘管我已經聽膩了關於董事長的不好傳聞，但我不過是一個約聘員工，老實說，從前我覺得只要沒有危害到我，他怎樣都無所謂。

此時，是我第一次直接感受到「危害」。我不認為日本的藝文產業已經完了。自我進來武藏野書店後，文藝書的整體營業額的確逐年下滑，但今年已在慢慢回升。我覺得營業額已經下探到低點，正滿腔熱血地思考既然如此，今後應該如何安排操作。

雖然不知道董事長是聽了什麼粗淺的皮毛，但他那些妄言，我無法聽聽就算。

在那些妄言後不到幾天，董事長辦公室發來一張由上而下式的傳真指令：「縮編文藝書賣場，善用吉祥寺流行時尚的區域特色，充實文具雜貨區。」當下，我流著淚大哭大鬧。回想起來，那也是我第一次當面對店長發飆。

「絕對不可以！如果硬是通過這種事的話，我就沒辦法在這間店待下去了！」

就算是店長這個人盡皆知的董事長派，大概也被我的氣勢鎮壓住了吧，在這個時候為我聲援。

「我也看到傳真了。我認為是董事長錯了！武藏野書店畢竟是『書店』。敝公司董事長不會不知道這件事才對！沒事的，今天下班後我會去董事長家裡拜訪。」

啊啊，好厲害。店長果然可靠——那是我有這種想法的最後一個瞬間。

那天店裡打烊後，店長真的氣勢洶洶地拜訪了董事長家。兩人之間有什麼樣的談話我並不知道。

我只知道，店長隔天一早比誰都還早來到店裡，樂呵呵地丈量入口旁位置最好的那個平臺尺寸。

我沒有問店長理由，他自己說了出來。聽起來絲毫不像在找藉口的語氣令我毛骨悚然，極度絕望。

「唉呀，敝公司董事長意外地很有品味呢。他給我看了要放在這裡的雜貨樣品，非常可愛，真想讓妳也看看。哇，這或許真的是個機會呢。」

店長盛讚董事長「有品味」，期待著「或許是個機會」，而我從來沒看過的那個綠色醜八怪角色商品，就算我再怎麼用偏心的濾鏡來看，都不覺得可愛。

無數畫著那個角色或是做成那個角色形狀的文件夾、馬克杯、筆記本、鉛筆盒、吊飾，毫不留情地將我悉心培養至今的最佳平臺位置掩埋。

「我真的該辭職了嗎？」

我下意識吐出這句話。當時還沒離職的小柳按著我的肩膀說：「我理解妳的心情，但辭職不是現在。」

我眼眶發熱，緊抓不放地問：

「那什麼時候才可以辭職？」

「等等，谷原？」

「這樣還不過分嗎？我們常被開玩笑說錢少事多吧？說只要給員工某個和幹勁有關的東西代替薪水，員工就不會抱怨，乖乖工作。」

「嗯嗯，妳說的是工作價值剝削吧？只要賦予工作價值，就算薪資低微，員工也會開心工作。有段時間雜誌也常寫這個話題。」

「我們連那個『工作價值』也被剝奪了不是嗎？」

「什麼？」

「沒關係，是我自願跳進來的，所以就算薪資微薄還是被其他業界的人嘲笑都無所謂。可是，請至少讓我感受那份工作價值啊。連工作價值都被奪走的話，不就連自己該為什麼工作都不知道了嗎！」

我的口氣最後變得像在責備小柳。我真的很挫折，儘管好幾次想過要辭職，卻沒有一次的想法像此刻那麼強烈。

小柳直直盯著我的眼睛一陣子後，放棄似地晃了晃肩膀，語重心長地低語：

「好，辭吧。」

「咦？」

「我也不認為這種東西會賣。做生意沒那麼簡單，這種沒用的東西不是放在好位置就會賣。所以，要是……萬一這個東西真的賣出成績，證明我們沒有品味，呆子董事長和白痴店長是正確的話，到時，我們兩個人就堂堂正正地辭職吧，我也陪妳一起辭。」

願意對我說這些話的小柳是我唯一的同伴。雖然她因為不同的理由已經不在店裡了，但我現在還在武藏野書店工作，就代表綠色醜八怪雜貨系列完全不賣。

這也是當然的。董事長雖然在傳真上寫了「善用吉祥寺流行時尚的區域特色——」但武藏野書店吉祥寺總店原本的位置就是前後左右、四面八方都是雜貨小店這種不得了的地方。這裡沒有簡單到能讓一間鄉巴佬書店用雜貨抗衡，更遑論是那個綠色醜八怪了。

文具雜貨奪走了重要的賣場，書籍營業額當然會下滑。董事長和店長難道忘記之前那一連串的事了嗎？要有怎樣的思考回路才會變成「對總店的營業額很不高興」，說出「對文藝書的營業額特別不滿意」這種話呢？

我嘗試了各種想像卻得不出個所以然。

董事長來總店視察了。儘管那樣要求對內封口「保密」、「不要讓其他員工發現」，但自董事長以下，多達五名嚴肅的中年男子身穿西裝，成群結隊走在店裡，白痴也知道不尋常。

畢竟，店長本人還左一句董事長右一句董事長地大呼小叫。趁董事長一行人走向參考書區的瞬間空檔，店長悄聲對我說：「那位就是敝公司董事長，請保密。」我真的越來越搞不懂他了。

董事長領著祕書和其他店店長繞遍店裡每一個角落後，一行人蓄勢待發地來到了文藝書區。

儘管至今累積了一肚子不滿，但當店長介紹說「這是總店負責文藝書的谷原京子」時，我還是緊張得全身僵硬。

我第一次和柏木董事長面對面，他有副銳利的眼神。平常不太會在書店看到的雙排釦西裝儘管沒有品味，看起來卻很高級的樣子，也為營造威嚴盡了一份力。另外，董事長短小厚實的身材也十分引人注目，身上散發出淡淡的酒氣，令人想起他酒品非常差的傳聞。

「妳就是負責文藝書的傢伙嗎？」

有如貼著地面的低沉嗓音迴響開來。由於他對其他員工也是用「傢伙」來稱呼，所以我對這點沒有特別的感覺。

不過，董事長剛剛的語氣微微有些不同，明顯蘊含著憤怒，我也明白周圍所有人的表情都緊張得發僵。

「是的，我是。」

看著做好覺悟的我，董事長嗤聲道：

「妳有自己是總店文藝書負責人的自覺嗎？」

「您是說？」

「說什麼說，我問妳有還是沒有。」

「當然算有。」

「妳那是什麼說法？」

「我說我有。」

空氣瞬間變得緊繃。「已經無所謂」的心情稍稍勝過恐懼。不管周圍的大人有多緊張……不，就是這些大人怕得發抖，感覺才會這麼蠢。

我沒什麼好失去的。既沒有要扶養的家人，也不是月薪超過三十萬圓。我本來就是約聘員工，最重要的是，我做的不是什麼隨便馬虎的工作要讓這種阿伯破口大罵。

董事長的跟班越是一臉擔心，我就越不顧一切豁出去。就算如此，董事長也不是會被這種小丫頭壓倒的人。

「那這是什麼樣子？」

「您是什麼意思？」

「我是問妳妳要怎麼看年增率九十一％的事！總店這個樣子怎麼當其他店的榜樣！」

明明還是營業時間，董事長的怒吼卻響徹店內。其他員工和客人一起看向我們，我則是直直盯著董事長。此刻，我的臉上一定掛著笑容。小柳曾指出：「妳知道妳真正生氣的時候會瞳孔睜開，嘴角帶笑嗎？」

營業額跟去年同月相比下滑了九％當然是值得憂慮的事，身為負責人或許也該感到丟臉，但我絕不道歉。我知道營業額下滑九％的理由。去年此時，店裡還沒有那個令人討厭的綠色醜八怪，一隻都沒有。

「妳有什麼想說的嗎？」

喉嚨發出憤怒的鳴響。緊張什麼的早已消失得無影無蹤，渾身上下反而充斥著一股解脫感。

這下我終於可以辭職了——就在我這麼想的瞬間，有隻手放到了我的肩上。

「谷原京子。」

總是讓人厭煩的聲音聽起來比平常更煩。我瞪著眼睛，撥開那隻手。聲音的主人更加強硬地說：

「谷原！」

我揚起下巴回頭，如果有配音的話，大概就是「啊啊，怎樣？」的感覺吧。店長盯著我，孱弱地垂眉，似乎很抱歉又似乎在說「我懂妳的心情」。

我對那副表情沒有任何感覺，不過，此時我才突然發現，這是他第一次叫我「谷原」。

下個瞬間，前一刻還存在的憤怒不可思議地消失了。我不認為是店長勸住我了，而是果然覺得怎樣都無所謂了。總覺得為了這種事而生氣的自己很悲哀。

董事長一臉不耐煩地盯著我們的互動，再次用鼻子哼了一聲。

「妳叫谷原嗎？妳有為盡可能多賣一本書做什麼努力嗎？妳去偵察過大書店嗎？我可是走訪了很多家店喔，大家都有行銷上的操作。雖然我沒親眼見過，但神田 Liberty 書店真的很厲害，之前還上了特別節目報導，他們的『晴空書塔』真是絕了。我們店規劃那樣的操作也是能抗衡的，不是嗎？」

什麼「我可是走訪了很多店」，大言不慚地說謊。董事長的語重心長沒一個字打進我心裡。

我沒有回嘴但也沒有附和。董事長說到一半我便低著頭，拚命掩飾嘴上的笑。不用想起小柳的話，我就費了九牛二虎之力壓抑怒氣。

見我沒有反應，董事長露出無言的表情，對陪同人員說了聲：「回去了。」離開時，他看向那些店長擺得美輪美奐的綠色醜八怪雜貨，低聲撂下一句：「這種東西要賣到什麼時候？就是這樣營業額才沒有成長。」

店長搓著手應道：「您說得對。」他們到底是來做什麼的呢？多荒唐的鬧劇。

董事長一行人離開店裡後，我終於發出乾涸的笑聲。

有生以來，我第一次被要求寫檢討報告。我打開店裡的電腦，搜尋的是「辭呈」的寫法和範例。

我已經沒有想對公司說的話，一下子便寫好了辭呈，接下來只要親自遞交就好，偏偏店長不是去培訓就是出差，始終抓不到他。

寫好辭呈大約過了一週。某天，我留在店裡加班，打算打烊後將幾個累積的文宣寫一寫。

其他員工都已經回去了，我也換回自己的衣服吐了一口氣。「谷原，妳現在方便嗎？」此時，背後傳來一道聲音，是大學工讀生木梨。

「啊啊，木梨，辛苦了，怎麼了？」

「我有些話想說。」

「這樣啊。」

正當我準備問：「那要不要去喝杯茶呢？」的時候，想起了自己這個月不小心買太多書了。距離發薪日還有十天，每天必須設法以兩百多圓撐過去。

「妳喝茶嗎？」

「啊，不，妳不用顧慮我。」

「沒有，我也想喝杯可可。」

我很有大人樣子的將僅有的兩百圓丟入辦公室設置的販賣機。為了可愛的後輩，一天的生活費也不足惜。

「來，請喝。妳想說什麼？」

我將熱紅茶遞給木梨，隔著桌子看向她。有別於平常樸素的苔蘚綠圍裙，僅僅從木梨現在一身淺米色洋裝的樣子，便能窺見不同於我的好家教。

「我下個月要離開店裡了。」

「咦？為什麼？」

「託妳的福，我找到工作了。」

這麼一說，我想起木梨之前經常穿求職套裝來上班。那時我還不太常跟她說話，也沒有太在意。原來如此，她當時在找工作啊。

「說什麼託我的福，沒這回事。我不是在謙虛，我什麼都沒做啊。這樣啊，太好了。是怎樣的公司？」

我不覺得自己問了很嚴重的問題，木梨不知為何卻咬著脣對我說：「不，是託妳的福。」

我不懂，歪頭表示疑惑。木梨銳利地盯著我片刻後，放棄似地眨眨眼說：

「是往來館。」

「咦？」

「我一直在找出版社的工作但都不太順利，結果在最後關頭他們留下我了。」

「喔、喔……這樣啊。好厲害喔，恭喜妳。木梨，妳好厲害，妳要成為往來館的員工了嗎？嗯嗯，真好，突然成為高薪階級了呢。」

話出口後，我倒吸了一口氣。我絕沒有挖苦的意思，卻也無法保證自己的表情很自然。

眾所周知，出版界的薪水一般就很優渥，聽說，最大間的往來館薪資更是高人一等。眼前這個還是大學生、拿著不到千圓時薪工作的孩子，到了春天，便會擁有令人難以置信的工作待遇。

我並不覺得自己對出版社的人有顧忌，也沒有看不起工讀生。既然如此，心中這股鬱悶是什麼呢？一將木梨的情況跟我這個今年二十八歲，把辭呈收在包包裡，打算明天就成為無業遊民的自己相比，笑容便自然而然僵住了。說到底，相互比較本來就是最差勁的事。

我接下來說的話也很過分。

「妳去往來館後，也要好好鋪書給我們店喔。」

木梨抱歉地皺起臉龐。要是她對我說「很抱歉」之類的話，我一定無法控制自己的心情。

當然，木梨不是那種會踐踏他人心情的人。

「面試的時候我真的說了這件事。應該說，說了妳的事。」

「咦？抱歉，妳說什麼？」

「我在往來館的最終面試第一次說了妳的事。之前的出版社也問了我很多在書店打工的事，可是連我自己都覺得我說不出有趣的內容。該說是因為這樣的關係嗎，所以當往來館也問我相同的問題後，我瞬間脫口而出，說出自己平常對往來館感受到的憤怒以及自己尊敬的前輩的事。」

「不，等一下，尊敬⋯⋯」

「我一直覺得妳很厲害。雖然這樣說有點不好意思，但這間公司上面的人都是些無法溝通的人吧？妳在裡面孤身奮戰，看了好多好多書，不放棄任何事，給我一種救贖的感覺。我問往來館，他們可以讓這樣的人失望嗎？有些面試官露出了困擾的苦笑，但也有些人很認真地點頭認同。所以，我跟他們說，要不是有妳在，我早就對出版界絕望了。」

木梨激動不已，臉頰泛著紅暈，非常可愛。我一瞬間為自己卑鄙的本性感到可恥，我很想跟她說，被救贖的人其實是我才對。

我有好多話想對木梨說。說自己其實完全沒有奮戰，看的書不怎麼多，還有我已經徹底放棄了。我最想跟這個年紀比我小的女孩說的，是這間公司那群說不通的廢柴的事。

我想了一下自己的荷包，這個月不吃不喝都沒關係了。正當我抱著強烈的心情說出：「木梨——」時……

夜晚的書店響起電話鈴聲，撕破了我們甜美的時光。晚上十點半，現在顯然不是正常的打電話時間。

我沒有什麼好預感。事實上，那通電話來自我懷疑自己耳朵的人，說著我懷疑自己耳朵的內容。

我放下話筒後立刻向木梨道歉。

「對不起，木梨，今天可以請妳先回家嗎？」

「發生什麼事了嗎？如果不介意的話，我也來幫忙。」

「啊，嗯，謝謝妳。不過，我不能這麼做。」

「可是——」

「抱歉，妳是工讀生，我不能把妳扯進來。」

儘管木梨仍一臉不肯放棄，我還是露出笑容說：「真的很謝謝妳，下次再一起去喝東西吧。」硬是結束了對話。

確定木梨離開後，我打電話給店長，一順利確認他在吉祥寺站附近便鎖好門窗離開書店。和店長在車站會合後，我們直接跳上了中央線。

「不好意思，剛才在電話中聽不太懂，可以請妳再說一遍嗎？」店長驚慌地問。

那是通我也不明就裡的電話。來電的人自稱是「Liberty 書店神田總店」的店長，該名店長說：「我們在打烊時抓到了一名小偷」，「小偷堅稱自己是武藏野書店的人」，「由於他喝醉了，目前尚未下定論」，「他一直堅持要叫吉祥寺總店的山本猛過去」，「請問你們有這個人嗎？」……

我在一臉訝異的木梨面前不能慌張。不過，書店店員在其他書店偷竊實在是聞所未聞。

我想一定是哪裡搞錯了。我不是要堅信不疑，而是身為書店店員的人不可能偷書。偷書是多麼令人撕心裂肺的行為，我們再清楚不過了。

我跟自己說絕對不是這樣，冷靜地詢問：

「山本猛是我們店店長。不好意思，請問那個人有說自己叫什麼名字嗎？」

『他完全不想說。』

「能請您想辦法問問嗎？」

『嗯——妳等一下喔。』

之後，我很快從話筒另一端聽見「伯伯，你叫什麼名字？」過了一會兒，兩人好像說了什麼，男子再次拿回話筒。

『我聽得不是很清楚，他好像說他叫柏木吧。』

瞬間，真的只是瞬間，我鬆了一口氣。因為武藏野書店吉祥寺總店沒有姓柏木的員工。但是……

我吞回剛才吐出的氣。雖然吉祥寺總店沒有，但整個武藏野書店的確有一個柏木。

向店長大致說明完後，不管是在電車裡、轉乘的車站，還是神保町站下車後，我們一直保持沉默。

Liberty 書店的燈光已經熄下，但不愧是大書店，似乎有專門的警衛。我們一說明原委，警衛便精明地帶我們前往辦公室。緊張地在入口前等待沒多久，旋即有人過來。

一名身材高眺的女子拿著卡片站在那裡，對方似乎不是打電話給我的人。自動門打開後，我吃了一驚。那是我曾在雜誌和網路上看過好幾次的容顏，我不知道她身材這麼好。

「抱歉勞煩你們跑一趟。」

話語中隱含傲氣的這個人，是我一直景仰的知名超級店員——佐佐木陽子小姐。

「請進。有點暗，請小心。」

佐佐木小姐引領我們入內的門口附近，隱約可以看見一座堆得高高的書塔。雖然不是那座「晴空書塔」，但層層堆疊的書籍簡直可以稱作「螺旋梯塔」了吧。

我們搭上電梯，被帶進四樓的辦公室。辦公室裡瀰漫著酒臭。大約一週前，我才聞過相同種類的臭味。

「董事長！」

在此之前始終不發一語的山本店長發出如雷的聲音。突如其來的大喊令我嚇了一跳，兩名 Liberty 書店的人恐怕則是因為不同理由瞪大了眼睛。

一陣寂靜後，佐佐木小姐自言自語般地說：「看吧？我就覺得哪裡怪怪的。竟然是董事長……還好沒把人交給警察。」
董事長垂著頭，有氣無力地反覆說著：「你說我做了什麼……」一副快要哭出來的表情。
「他是貴公司董事長嗎？」
嘴巴張得大大的男人一定是打電話到店裡來的人吧。我曾在電視上看過他的臉。他胸口名牌上驕傲地寫著「Liberty 書店神田總店 店長 田島春彥」。
平常也驕傲地掛著「武藏野書店吉祥寺總店 店長」徽章的山本猛店長，一點也不輸人，威嚇地說：
「可以請你們解釋到底發生了什麼事嗎？」
「不，要說解釋嗎……」
「別說那麼多，請解釋。根據情況也會有責任歸屬的問題喔。別以為讓敝公司董事長遭到這種待遇能夠輕易了事！」
「啊？」我下意識發出聲。我也不覺得董事長會偷竊。接到田島店長電話時沒有馬上懷疑特定對象，而是認為「某個地方搞錯了」，令我想稍微稱讚一下自己。儘管我連一公釐也不信任董事長的人品，但再怎麼不濟，身為一名書店經營者實在不可能去別家店偷竊。
不過，田島店長的這些舉止應該也不是鬧著玩的。想必是「敝公司」的白痴董事長做了相當引人誤會的舉動，而更加白痴的店長一點都沒有威脅別人的道理。

我要是 Liberty 書店的員工應該會生氣吧。果不其然，田島店長的一雙丹鳳眼吊得更銳利了。

「你、你憑什麼一副那麼了不起的樣子！本公司只是對照本公司的守則處理問題，沒有任何差錯。」

「貴公司的守則是什麼！」

「我、我、我沒義務跟你說！總之，貴公司董事長醉醺醺地蒞臨本店，拿了書就搖搖晃晃地出去了。」

「既然這樣，就是名副其實的偷竊不是嗎！」

「不、不是的……那個時候手機剛好響了……我真的沒注意到自己有拿書……」確實醉醺醺的董事長拚命想插話，卻傳不到盛怒的兩名店長耳裡。

「所以我懷疑是偷竊啊！」

「那就不要留情交給警察啊！」

「什麼！你在說什麼啊？那是貴公司董事長吧！」

「你是用頭銜來看人的嗎！」

「你說什麼？」

「這個人是不是敝公司重要的董事長都無所謂！懷疑他是小偷的話就給我懷疑到底！」

「你知道自己在說什麼嗎？」

「知道！」

「啊啊，那好！管他是警察還是什麼的，我統統都叫來！」

「好啊，叫啊叫啊！管他是刑事警察還是公安警察都帶來啊！」

「我、我、我就說不是這樣……我……我真的……」

敝公司、貴公司、本店、貴店的攪成一團，成了精采的口水戰，和小說裡帥氣男人的打架相比，實在是天壤之別。兩位店長年紀應該相當吧，瘦巴巴的身材、跟和紙一樣蒼白的肌膚還有最後扭在一起的手臂看起來多寒酸啊。

感覺怎樣都無所謂了。兩個男人開始在這裡互毆也好，警察來這裡也罷，或是董事長吐了一地，淒厲哀號都沒關係。

這麼想的似乎不只我一人。

「欸，要不要回去了？」

我緩緩看向聲音的方向。佐佐木小姐看著我，臉上是傻眼、放棄還有更多的厭倦。我忍不住笑出聲，我想，我現在一定也是一樣的表情吧。

「感覺好像怎樣都無所謂了。」

「真的。」

「妳叫什麼名字？」

「我叫谷原，谷原京子。」

「那，谷原小姐，妳喝酒嗎？」

「嗯，我喝。」我對佐佐木小姐有種親切感。我也是無法輕易喊別人名字的類型。即便對方的氣息與自己再相似，也無法對才剛認識的人不加姓氏只喊名字。所以我才會當書店店員……這樣說或許太過頭了，但我總覺得與他人距離的拿捏方式和讀書頻率有某些因果關係。

離開書店，我問佐佐木小姐要不要去「美晴」。想慢慢聊天以及神樂坂與神保町很近都是我如此提議的原因。但最重要的理由是，只有「美晴」是我沒錢也能喝酒的地方。

佐佐木小姐不知是否發現了我的這個意圖，不以為意地笑著說：「好啊，感覺很有趣。」

店裡只有老爹和石野惠奈子小姐，最近，兩人神奇地很要好。看到打開門的人是我，老爹明顯露出失望的態度，我以口形無聲說著：「色老爹。」石野小姐只是以眼神向我示意。

我們以冷冽的啤酒乾杯。「噗哈——」佐佐木小姐發出了大叔般的聲音。

我記得佐佐木小姐好像三十三歲，大我五歲的樣子。想問的問題堆積如山。她是怎麼挑選書籍閱讀的？身為超級店員沐浴在鎂光燈下不害怕嗎？她如何拿捏與作家之間的關係？對於婚姻有什麼看法？書店店員是可以做一輩子的工作嗎？話說回來，她為什麼會成為書店店員呢……我在腦海中整理這些問題，才開始想到包包中的辭呈。

先開口的人是佐佐木小姐。

「谷原小姐那邊的店長很不得了呢。雖然我們家的也很厲害，但感覺妳那裡也很辛苦。」

聽見佐佐木小姐語重心長的低喃，老爹不知為何插了句：「那傢伙很糟糕喔。」石野小姐噗嗤一笑。

佐佐木小姐也嗤了一聲，重新問道：

「谷原小姐，現在這個店長是妳第幾個店長？」

「第三個。」

「其中有聰明的人嗎？」

「沒有。」

「哇，毫不猶豫？」

「雖然類型各有不同，但全都是蠢蛋。」

「是齁？我也很怕我的每個店長。最近啊，我想了很多，那些人以前也是第一線的工作人員對吧？他們以前應該也是很不爽店長這種人的存在吧？」

「什麼？」

「好神奇喔，店長這種人到底是從什麼時候開始變成蠢蛋的呢？是因為蠢才成為店長，還是成為店長才變蠢的呢？為什麼每個傢伙都是這樣？唉，或許從他們的角度來看，我們才是蠢蛋吧。」

這句話讓我十分篤定，佐佐木小姐一定收到了當店長的提議，而她也堅定拒絕了。

氣氛沒有因此變得陰沉，我們縱情暢飲，說說笑笑。佐佐木小姐並沒有擺出「超級店員的架勢」，不但有問必答，而且心中的不滿跟我這個微不足道的約聘員工一致得令人驚訝。

我並非這樣就得寸進尺，卻還是忍不住想問。

「佐佐木小姐，那個晴空書塔是妳的主意嗎？」

佐佐木小姐瞬間嘴巴張開，愣了一下，隨即露出厭煩的表情。

「怎麼可能？是店長啦。我還有阻止他，跟他說那樣很俗氣。那種陳列會傷到書，客人也不好拿，很不好對吧？啊，不過疊的書是我選的，因為如果連這點要求都沒有的話，他會疊很不得了的書。」

「《系魚川斷層——》對吧？現在疊的。」
「嗯。妳看了嗎？」
「看了，就是因為看了妳的採訪報導。」
「妳覺得怎麼樣？」
「非常棒。有可能是最近最棒的小說。」
「真的嗎？不是顧慮我才這樣說？」
「不是不是，我對書的感想只說過一次謊。」
「啊？什麼？什麼意思？」佐佐木小姐興致勃勃地問，我便將前些日子富田曉座談會的始末一五一十地告訴她。
佐佐木小姐本來皺成一團的臉「啪」地一下鬆開，下一瞬間，放聲大笑到讓人退避三舍。
「等一下！鄧麗君！」聽著曾經聽過的相同臺詞，我恍惚地撇開視線。當然，原以為會跟我們一起笑的石野小姐正獨自飲酒。
「哈……好荒謬，笑死我了。」
因為佐佐木小姐的這些話，我們聊了許多書的事。最近看的好書、改變人生的一本書、名過於實的作品和信任的作家……孤獨感痛快地消失了。啊啊，原來是這樣啊……我彷彿置身事外地想著。

對工作環境感到不滿、對自己的將來也很不安。想要的書籍無法盡情購買，如果盡情購買的話，生活立刻會變得拮据。沒有可靠的上司，總而言之就是店長蠢死了。

儘管如此，最終我還是在書店工作的原因就是可以像這樣，即使在不同公司，仍能與志趣相投的人盡情談論喜歡的書籍。

如果說這是工作價值剝削的話，一定就是了吧。然而，我只能用這樣的言語來表達。因為我們喜歡書，所以才會和喜歡書的夥伴在書店這樣的地方工作。雖不像小說裡的書店店員那樣閃閃發亮，卻在談起書時會滿心雀躍。

「我也可以問妳一個問題嗎？」佐佐木小姐突然一臉認真。

「嗯，隨妳問。」

「妳是不是打算要辭職？」

「咦？」

「谷原小姐……應該說，現在可以叫京子了，因為妳和我很像，所以我隱隱約約看得出來。妳把辭呈藏在包包裡吧？如果是的話，那封辭呈暫時還遞不出去。妳知道我把辭呈放在包包裡幾年了嗎？五年喔。還沒遞出去就要到退休年齡了。」

佐佐木小姐開玩笑時，我吧檯上的手機發出震動。幾乎同一時間，佐佐木小姐的手機也響了起來。

我們一起看向手機畫面，果然同時爆笑出聲。佐佐木小姐的手機一定也收到了相同內容的訊息。

訊息附帶了一張照片。究竟發生了什麼事情又是如何發展會變成這樣呢？我們武藏野書店的山本店長與 Liberty 書店的田島店長開心地搭著肩膀，高舉啤酒杯。

內文只有一行字。

『現在和好了！』

拍下這張宛如地獄圖照片的，大概就是敝公司董事長了吧。我這麼想著，怔怔地和佐佐木小姐四目相望。

佐佐木小姐臉上的笑意交織著厭煩，而我一定也浮現了相同的表情。

第四話　雖然業務少根筋

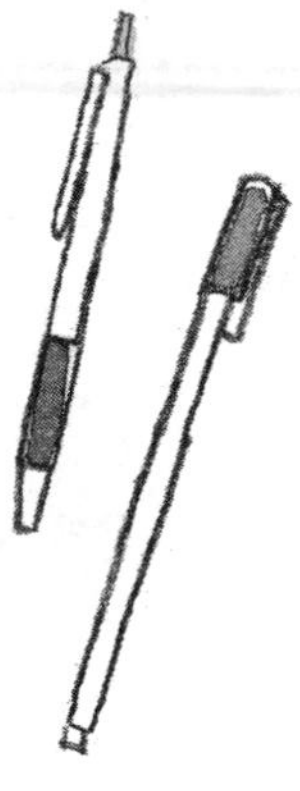

「大家最近很鬆懈！」

我甚至對他手上沒拿麥克風這件事感到不可思議。

「太沒精神了！連愛著各位的我都這麼想了，客人會有什麼感受呢！」

山本猛店長彷彿競選演說般的威武之聲無趣地閃過眼前。

「大家換個立場想想，如果隨便進去一間咖啡店、百貨公司、居酒屋，裡面的店員卻一臉意興闌珊的話會怎麼樣？應該再也不會想去那間店了吧？何況，那位客人可能一年只會經過書店這種地方一次。這不單單是武藏野書店失去客人，可能是整個書店界，乃至於整個出版界失去了一位重要的客人啊！」

即使是無懈可擊的正確道理，依舊沒有絲毫打動人心。

「各位應該不會不懂這個道理。」

店長誇張地仰望天花板，以大拇指擦拭眼角。這麼一來，談話便延長了。這是當店長沉醉於自己的朝會時一定會出現的動作。

「我有個理論，愛書的人之中，有很多能夠設想他人心情的人。不，說是理論並不正確，這是我曾經愛過的女性常常掛在嘴邊的話。各位當然是愛書的人。那麼，為什麼不願意站在客人的立場來思考呢？這實在太匪夷所思了。」

所謂愛過的女性，大概是指過去在武藏野書店工作的小柳真理吧。

明明只是單方面投入，在說什麼啊？儘管心中萌生了重要的前輩遭人玷汙的厭惡感，喉嚨深處卻沒有像平常一樣發出憤怒的低鳴。

店長無言地環顧總是置若罔聞的員工，大大嘆了一口氣。

「妳有認真在聽嗎？谷原京子？」

店長在叫我。這份現實彷彿發生在遙遠的國度一樣。我身旁的正職員工小野寺喚道：「谷原？」

「什麼？」

「不是什麼啦，店長在叫妳。」

「有什麼事嗎？」我硬邦邦地回答。店長奇怪地盯著我看。

「妳在發什麼呆？妳這樣很讓人傷腦筋呢。妳要有自覺，武藏野書店吉祥寺總店是由谷原京子在支撐的喔。」

「這樣啊，很抱歉。」我乖乖低下頭。不只是店長，觸目所及的員工全都一臉訝異。

「妳怎麼了？發生什麼事了嗎？」

「不，沒什麼。」

「如果有煩惱的話，請一定要跟我說。我不允許妳一個人煩惱。不只是谷原京子，這裡的各位全都是我的兒子、女兒。有煩惱一定要說出來。不這麼做的話，就等於是否定我這個人。」

「又在說浮誇的話了……」我沒有這種想法，也不覺得「你是多高高在上啊？」甚至沒有興起「這裡沒有一個男性員工吧？誰是兒子啊？」的疑問。

店長點頭，循循善誘地說：

「我自認為懂妳的心情。年輕時，我也曾有過書店店員以外的夢想。但由於各種陰錯陽差和時運不濟，再加上他人強烈的惡意，夢想虛無地消散了。儘管如此，我現在以書店店員這份工作為榮。夢想是夢想，現實是現實，妳能不能試著這樣切割呢？」

雖然不知道店長為什麼突然說這些，但他完全誤會了。我沒什麼夢想，「成為書店店員」本來就算是我的夢想，就這層意義而言，我正在夢想裡面。

雖然還是有想要否定什麼的心情，店長卻滿足地將視線轉回其他員工身上。

他慢慢將手伸向櫃檯。

「小野寺浩子，不好意思，可以請妳把這個貼在店裡嗎？是那個有線電視的公告。我其實不想貼一堆這種東西，但敝公司董事長今年也還是擔任幹事，所以……」

「好的。」小野寺點頭，從店長手中收下一大捲紙。今年也到了那個季節了嗎？心裡萌生這樣的想法。每年一到春天，由當地有線電視臺主辦的「金嗓大賽」海報便會覆蓋整間店的柱子與牆壁。

我恍惚地盯著店長。我邊凝視著看起來莫名可憐的店長心中邊想著：「今天一定要跟他說我要辭職。」

以約聘員工的身分進入武藏野書店過了六年。「我要辭職！」和「再努力一下吧！」的想法不停在心中反覆。次數非常可觀。

還好東京不是非洲菊盛開的地方。若是到處都開著非洲菊的話，我一定會拔掉成千上萬朵的花。當然，是為了占卜。如同戀愛中的少女問「喜歡」、「不喜歡」一樣的訣竅，我大概會將「辭職」、「不辭職」寄託在花朵上吧。

冬天時代替檢討報告書所寫的辭呈，因為認識Liberty書店的超級店員佐佐木陽子小姐而作廢了。

「結果，在把辭呈藏在包包裡的那一刻起，我們就無法辭職了吧。隨著歲月累積，我們被迫背負沉重的擔子，不如意的事也日益增加。上面的人看起來越來越蠢，忙得團團轉的自己也越來越像個傻子。可是啊，越是被這種情況逼迫，對書本的愛便愈發強烈。應該說，能夠拯救現在的自己、讓自己得以逃離的故事會像是看準時機般地出現在妳面前。真的很神奇呢。」

佐佐木小姐在我們老家經營的「美晴」裡啜著日本酒，語重心長地低喃，舉手投足間皆令我看得著迷。大概是令出版界注目的超級店員所醞釀出來的氣質吧，看著佐佐木小姐和前輩小柳不同類型的高潔姿態，我內心澎湃不已。

佐佐木小姐一口氣飲盡剩下的日本酒，進一步用預言的口吻道：

「京子，妳大概辭不了職吧，因為妳跟我有一樣的氣息。真心覺得不行的時候一定會有誰來救妳，而且是出乎妳意料的人、以一種出乎妳意料的方式。我的話就是一個才剛進公司四天的工讀生弟弟，他有點令人難以置信地對我說教，雖然不甘心，但內容卻又正確得讓我一句話都反駁不了。順帶一提，結果那個弟弟在進公司第六天就擅自離職了。妳應該也是這種模式。」

佐佐木小姐自顧自地說完後咯咯咯地笑了。我一邊一起笑著一邊想，在我的情況裡，那個「出乎意料的人」會是誰呢？所謂「出乎意料的方法」又是什麼呢？

我思考著這些問題，從包包裡取出辭呈，丟進「美晴」的垃圾桶裡。

隔天起，我全神貫注地工作。對工作環境的不滿和怨憤都神奇地消失了，即使是不擅長相處的後輩，也積極地與他們對話。

這麼一來，自從在富田曉座談會上大失敗後徹底失去的同伴信任，也一點一滴取回來了。之前一直不理我的磯田也主動跟我說：「谷原，感覺妳最近狀況很好呢，閃閃發亮的。」真的是事事順風順水。可是……

這樣「閃閃發亮」的日子卻在一個月後戛然而止。起因是我發現橫亙在自己和佐佐木小姐之間明確的差異。

這天我一如往常，加班後回到家裡。由於這個月也曾大方地在「伊莎貝爾」請磯田，因此在距離發薪日的一週裡，每天的用度要在三百圓以內。沒辦法，我在便利商店買了一個飯糰、一顆水煮蛋和蔬菜汁，但這件事本身是常態，已經不會對我造成心理影響了。

吃飯前我悠哉地泡了個澡，因為明天休假還難得地保養了肌膚。問題就出在當我準備享用緊急糧食的時刻。

「開動——」

我特意將開動說出口，耳畔傳來收到新訊息的聲音。時鐘指針剛好指向凌晨十二點。我拿著飯糰，另一隻手握起手機。

『京子，二十九歲生日快樂！我們正在為妳乾杯。希望今年對妳而言會是很棒的一年。』

訊息附了張照片，老爹手裡拿著媽媽的遺照，滿面笑容。

那一瞬間，肚子發出咕嚕聲。我真的忘了，過了十二點就二十九歲的這件事是由老爹告訴我，右手中的飯糰突然顯得淒涼。

二十九歲——也就是說明年的今天，這個瞬間，我就要迎接三十歲了。到時候，我也還是一樣沒有男朋友，只有至親的祝福訊息，一個人在舊公寓的房間裡嘴巴塞著飯糰嗎？

就在我產生這種疑問時，佐佐木陽子小姐和我之間決定性的差異——約聘與正職不同的立場，毫無預警地擺在眼前。

先前燦爛的日子驟然一變，以邁入二十九歲的這天為界，我陷入史上最大的低潮。

工作意願消失得無影無蹤，只感覺到滿腔不平。幾個後輩再次和我拉開了距離，磯田也抱怨：「谷原，妳最近狀況很不好耶？為什麼要一直那樣鬧脾氣呢？」

然而，我卻無法振作。內心突然萌生的情感，是強烈的「焦慮」，就像隆冬的影子，一口氣覆蓋了雀躍的心情。我能一直這樣下去嗎？或許比周圍的人晚吧，「工作」和「生活」這兩件事第一次在我內心交集。

瞬間，我對自己不穩定的狀況產生了恐懼。我不知道大型書店的情況，但我所任職的武藏野書店，約聘員工的時薪是九九八圓。大學畢業剛進公司時，我還天真地心想「原來能拿這麼多嗎？」為此而高興，但此後六年，時薪連一圓都沒漲。

當然，我之前便對待遇有所不滿了。背負與正職員工幾乎相同的責任，許多正職員工的工作能力明顯不如自己，過著連喜歡的書都無法盡情購買的生活，我不認為這是對的。

儘管如此，面試官在面試時已經苦口婆心說過這一點了。

「谷原小姐是住家裡嗎？我先說清楚，如果妳是一個人生活的話，經濟方面應該會很辛苦。如果能夠從家裡來上班的話，我們這邊非常希望能和妳一起共事。」

其實，由於和老爹說好「大學畢業後就獨立看看」，我必須離開家裡。然而，我在大型書店的面試全軍覆沒，最重要的是，我期盼可以在今年沒有錄用正職員工的武藏野書店，正確來說是有小柳真理在的書店工作。當時的我毅然挺起胸膛說：

「是的，我家在神樂坂，通勤完全沒問題。」

我不認為自己那天的決定很膚淺，也不後悔當時的謊言。實拿大約十五萬圓的薪水扣除五萬塊的公寓租金，再繳納其他林林總總的生活費後，餘額少之又少。因為我又拿剩下的錢購買想要的書，當然不可能如願存錢。

儘管如此，我還是喜歡書。喜歡油墨的香氣、紙張的觸感還有最最重要的故事本身。只要有這個理由，我便能戰鬥下去。

然而，在迎接二十九歲，強烈意識到三十歲這個年齡的瞬間，過去支撐我的事物轟的一聲坍塌，將重心放在「喜歡書」這一點上已經無法再戰鬥了。

這個冬天到春天，接連發生了三件事對這種心情起了決定性的作用。

第一件是去年十二月的事。我認為，這不僅僅是武藏野書店，而是全日本書店店員的「年末經典日常」。雖然不知道是什麼理由，但公司強制規定所有員工都要購買《Let's Go 夫人》新年特別加厚版，這本由出版界最大間的往來館所出版的雜誌。

不，說不知道是什麼理由是不對的。要解釋很麻煩，但這是存在於部分出版社和書店之間的「獎金」制度案例。

這個制度是當出版社有非常想賣的書或書展時，會訂定「1. 於〇〇期間；2.下單××本以上；3. 將取部分銷售額△△圓，予書店做為『獎勵金』。」這種特別條件。

我只是區區一名約聘，並不知道往來館為《Let's Go 夫人》付了多少獎勵金。

不過，不難想像公司因為比平常還好的金額而獲救。因此，總公司才會在為數眾多的雜誌中，唯獨針對《Let's Go 夫人》要求員工營業產額，希望多賣一本是一本吧。

一本一千四百圓的雜誌必須採購的具體數量是——正職員工五十本，約聘員工二十本，工讀生五本。

意思是要員工買入各自的本數後，推薦給親朋好友。我不想在這件事上費力氣，每年都把雜誌扔進公寓的壁櫥裡。聽說，小野寺連在家裡都不想看到那些書，將雜誌分送給老家大樓裡的住戶和媽媽。當然，我不認識有哪個內心堅強的人想將買來的雜誌再轉賣出去的。

不，不對。我認識一個。我們武藏野書店的忠犬，山本店長在朝會時對這個員工採購制說了這樣的話：

「這並不是想讓大家承擔營業額。不，當然也有這層考量，但這個制度並不只是為了出版社的獎勵金。我想，敝公司董事長或許是這樣考量的吧，他大概是希望我們藉由親自到處兜售一本書的經驗，切身感受到平常客人主動蒞臨書店是多麼值得感激的一件事吧。雖然獎勵金也是很重要的因素，但獎勵金並不是目的。」

接二連三地一直講「獎勵金」反而對員工造成衝擊。不過，關於這件事，由於店長自己歡歡喜喜地在五十本的產額規定下買了兩百本，並真的四處向親朋好友兜售，因此找不到不滿的漏洞。

進一步來說，這件事我並不想抱怨公司或董事長。此時期，不只武藏野書店，只要搜尋全日本連見都沒見過的書店店員社群帳號，就會源源不斷出現對往來館和《Let's Go 夫人》的詛咒、詛咒、詛咒……

「開什麼玩笑！」「我受不了了！」「冬日憂鬱代表。」「公司蠢斃了，已辭職。」「我第一次看見後輩的眼淚。」……一點也不誇張，這些內容北起北海道南至沖繩。每當看到同業對往來館的各種怨憤，內心便會稍微暢快一些。

順帶一提，我去年的冬季獎金是兩萬九千九百圓，付給《Let's Go 夫人》的錢是兩萬八千圓。剩下的一千九百圓我在橘色招牌的牛丼店點了一大桌請磯田，要她「喜歡吃什麼盡量吃！」

公司獎金的定義到底是什麼呢？

這個出版社「獎勵金」和「員工採購」的制度到底是讓誰幸福的東西呢？回答我這個疑問的，是來推銷明年活頁行事曆的某主力出版社業務。

這天，他看見櫃檯旁放了十本左右《Let's Go 夫人》秀面陳列的推車，故意自言自語：「哇！這裡好棒喔。如果能在這裡擺我們家的行事曆就好了。」又故意地拍了一下手。

「原來如此！也就是說，如果我自掏腰包買下這十本的話，這個推車就空下來了吧？」

「我不懂你的意思？」看著我不明所以的樣子，對方的嘴角浮現天生的調皮笑容。

「因為你們是為了必須賣這本《Let's Go 夫人》才會在這個最佳位置做陳列吧？這樣的話，我就全部買下來。相對的，請在空下來的地方擺我們家的行事曆。這樣一來，武藏野書店賣了雜誌很高興，我也因為自家產品可以很醒目而開心。就是所謂的『雙贏』。」

我跟不上對方自顧自展開的話題。然而，他不經意補充的一句話，莫名地深深刺進了我的心裡。

「不過，得主動幫高薪的人自掏腰包什麼的，總覺得很無法釋懷……」

「咦……？」

「唉呀，我當然知道這是我自己提議的。不過，妳看，這不是等於我在幫往來館的員工付他們的獎金嗎？」

這名業務在我們員工間的人緣很差。明明工作比別人加倍能幹卻不受歡迎的理由，全都是因為他會出現這種很粗線條的發言。

他一張嘴喋喋不休是很正常的事。我明白他沒有惡意也沒有其他企圖，所以，我只要像平常一樣笑笑的，適度地不把那些話當一回事就好。然而，我卻認真聽進去了。

我從來沒想過。幫往來館的員工付獎金？我這個貧窮的人砍掉獎金，購買一點也不想要的雜誌來支撐他們富裕的生活？我真的從來沒想過嗎？還是因為害怕對某些事絕望而刻意不去想像呢？

我繃著臉，無法完美地笑到最後一刻。年後，店長開心地說：「公司給各位的獎勵金發下來了喔！」我想，當我拿到裝在誇張信封裡的一千四百圓時，也是一樣的表情。兩萬八千圓的報酬就是這個。我不知道自己該擺什麼表情才對。

我想把話題帶回「從去年冬天到今年春天讓我心灰意冷的三個理由」這件事上。如果說第一個理由是這個《Let's Go 夫人》事件的話，第二個就更簡單了。一句話，就是「二月的薪水實在太少了」。

這是時薪工作者的宿命。應該沒有拖泥帶水解釋的必要吧？二月天數少，約聘或工讀生的薪水就會減少。今年尤其運氣不好，薪水不到十三萬圓。對即使十五萬都很吃緊的我而言，要怎麼活下去呢？不是比喻形容，有生以來，我真的有了「抱頭」的經歷。

光是這兩件事就足以令我的心涼了半截。然而，我卻面臨了第三個心灰意冷的決定性事件。

新年度來臨，五月，店裡的柱子貼滿了那個有線電視臺的海報。

利刃從意想不到的地方飛來。

接著黃金週後的某天朝會，店長春風滿面得令人神奇，他說：

「今天，往來館的山中先生會來打招呼，我會去對應。對了，谷原京子，可以請妳也在旁邊嗎？」

「我嗎？」

「對。他們說會帶下個月發售的文藝書DM和樣書過來。往來館似乎覺得那本書會大賣，想聽聽我們的看法。」

「這樣啊，好的。」我回覆，內心一沉。那一刻，我完全無法有什麼好預感。

就算有再怎麼想推的作品，往來館也幾乎不太來武藏野書店。

不，之前有這種情形嗎？大部分的時候，他們只會送新書的傳真來，而且就算我們寫下期望數量回傳，也都不會答應我們。不特地過來店裡和不答應我們的期望數量都是基於相同的理由，就是不把我們當一回事吧。

因此，我也幾乎沒見過應該是業務負責人的山中先生。就算這樣，我也可以直截了當、很肯定地說他是我討厭的業務類型。不，是討厭的個人類型——總是一副很了不起、瞧不起人的樣子。雖然不想把這種心情帶進工作中，但我多少也是有好惡的。

山中先生偏偏在傍晚最忙的時候到來。一看就知道櫃檯前排著隊伍卻堂而皇之地跟我說話：

「承蒙關照，我這邊是往來館。不好意思，我們前幾天有跟山本店長預約，請問負責文藝書的谷原小姐在嗎？」

明明見過兩、三次，山中先生卻似乎不記得我的樣子。我並沒有因此而屈服，不打算轉頭看他。

這或許令人意外，不過，有許多出版社業務都很客氣謙遜。如今跟很久以前書只要放著就會賣的時候不同，至少在我進入武藏野書店後，幾乎沒看過趾高氣揚的業務。

當然，就算說客氣謙遜，也不代表他們以平等的眼光看待我們。或許他們只是覺得那樣比較容易工作，想安然無恙結束那些場面。

無論再怎麼低聲下氣，他們的立場基本都在上位。不只是立場，還有薪水、社會地位、滿滿的自信以及身上的衣服……

我應該沒有在跟誰比較這些事，也不是想在出版社工作。在書店工作本來就是我的夢想，沒有羨慕他們的理由。但要是這樣的話，這種渾沌的心情是什麼呢？我知道，一切都歸咎於我最近過度飢貧的生活。

終於應對完最後一位客人，我做好覺悟轉向山中先生。山中先生是表情不迂迴的人。他不會擺出客套的笑容，相對的，也絕非板著一張臉孔。

「平日承蒙關照了，我是往來館的山中，今天帶了一位新人過來。」

山中先生說這句話時，我的視線緊緊鎖定在他背後的女性身上。女子一襲嶄新的套裝，欣喜地遞出名片。

「感謝您百忙中抽出寶貴的時間給我們，今天還請多多指教！」

我茫然地接下名片。不知為何，我之前自以為她會被分配到編輯部。

我直直盯著名片不放。直到今年春天還在武藏野書店打工的木梨祐子溫柔地對我說：

「我以這種形式再次回到店裡了。谷原小姐，要再次請妳多多指教。」

我呵呵地露出意義不明的笑容，視線重新落到名片上。木梨祐子這個名字和往來館的公司商標一起印在厚厚的象牙色紙張上，看起來不可思議地了不起。

到頭來，我就是用頭銜來看人。出版社、業務，自顧自地覺得低人一等，產生沒意義的自卑情結。

我到底是什麼呢？這種心情瞬間湧上心頭，拿著名片的手微微顫抖。我對自己感到失望。

將兩人帶到辦公室後，興致異常高昂的店長招呼著他們。

「唉呀，山中先生，請進請進，好久不見了！您最近還好嗎？還是一樣會去衝浪嗎？」

山中先生似乎也不記得店長的樣子。他拿出名片問候：「初次見面，我是往來館的——」店長對招呼打到一半的山中先生毫不留情。

瞬間，山中先生臉上露出尷尬，但立即迅速切換。

「是啊，今年黃金週難得能有個長假，我就帶太太和小孩去夏威夷衝浪，已經好幾年沒去了。」

「哦，好羨慕喔。難怪，我就覺得您比上次看到時還黝黑。」

「是嗎？因為這樣會影響工作，我還東抹西抹了一堆防晒呢。」

「唉呀，我懂。這樣啊，夏威夷啊，真好。我這邊是為了工作一直被時間追著跑，沒錢也沒時間。木梨祐子小姐也好久不見了呢。咦？妳該不會也出國了吧？」

店長不知道在樂什麼，發出豪爽的笑聲。他家的字典大概沒有收錄「自卑情結」這個詞條吧。

我持續悶悶不樂，腦海裡閃過的，當然是《Let's Go 夫人》的事。《Let's Go 夫人》的出版社正職員工，山中先生在黃金週帶太太和小孩去夏威夷——

我知道，事情的前因後果當然不是這麼武斷。無論我在哪裡做什麼工作，山中先生今年連度假都是去夏威夷。我完全不恨他，也不像店長那樣羨慕。

然而不幸的是，我這個連假的班表非常悽慘。兩名工讀生接連擅自離職，我徹底遭到波及，不但一天假也沒有休，還幾乎日日加班。

這個連假的客人比往年還多，偏偏又是往來館發許多暢銷書的時期。我不知道到底包了多少本的「往來館」。當然，這與書店的營業額直接相關，本該是值得感激的事，應該無條件高興才對。

儘管理智上理解，情感卻愈發憂鬱。當我確認山中先生鼻尖微微的晒痕時，有什麼東西「砰」的一聲擊中了胸口。

我開始對從沒見過也從來沒思考過，過去一點興趣都沒有的「山中太太」，突兀地展開了各種想像。

我擅自將山中太太想成大約與我同年，名叫「梨花」，有個在貿易公司工作的父親、家庭主婦的母親和小兩歲的弟弟，感情融洽。懂事後，便經常會意識到男孩子的眼光，身邊都是可愛的朋友。

接著進入一間雖然有些歷史但偏差值不是特別高的私立女中，直升學校的高中部。高中時代起，為了「累積社會經驗」開始擔任讀者模特兒。

從居住地橫濱的地方生活資訊誌起步，曝光雜誌的「等級」也漸漸提升。

儘管已經是公認的暢銷模特兒，卻進入偏差值一點也不高的同所私立女子大學。此時，自己一直暗暗嚮往的往來館女性雜誌主動來接洽。

拍攝現場，梨花遇見了真命天子。對方的興趣是衝浪，遊戲人間。一開始不太理自己，不過，沒有輕易答應對方飯局邀約的這件事似乎發揮了作用。

一回神，發現他對自己認真起來了，儘管如此，梨花還是再三提醒自己要謹慎再謹慎。終於，在他三十五歲，梨花二十四歲時，兩人步入禮堂。

在皇室御用婦產科誕生的女兒，今年三歲，正值可愛的年紀。把拔似乎也褪下了過往的狠勁，全副心神都放在女兒「真利愛」身上。今年的黃金週，三人難得一起到帶有婚禮回憶的夏威夷。

或許身材已沒有當年結實，但衝浪中的把拔還是好帥。她和那時還沒出生的真利愛並坐在海灘傘下，爭執著誰比較愛把拔。

「一定是真利愛，真利愛要和把拔結婚！」

女兒認真宣告的樣子多麼令人憐愛。不過，將來似乎真的會和女兒互搶把拔，又覺得有些害怕。竟然考慮到那種事的「我」，很幸福吧？

把拔，謝謝你……我在心中低語。只要有把拔和真利愛，我便別無所求。

不過，偶爾就好，請像這樣帶我來夏威夷。說好了喔，只要這樣，我就夠幸福了——

一回神，發現「梨花」已經附到我身上。壓倒性的充實人生、戲劇性的燦爛人生，不需要什麼救贖的故事，也就是小說的存在。

我茫然地轉回視線。「把拔」不知道為何正在跟一個身穿寒酸西裝、瘦巴巴的男子說明新書。晒黑的鼻子比剛才更顯眼了。

有種就像用我僅有的一丁點錢讓他帶家人去夏威夷一樣的感覺，我終於變得不正常了。

怎麼樣？梨花。用我買《Let's Go 夫人》的錢去夏威夷，好玩嗎？

喂，真利愛，妳知道妳那綿綿柔柔的尿布錢是我買《Let's Go 夫人》的錢嗎？

我精神錯亂，像是就要大喊出來一樣。所以，我幾乎沒有察覺到說出「已經是這個時節了呢」的那道聲音。

喉嚨深處久違地發出憤怒的低鳴。我瞪著眼睛轉過去，木梨露出溫柔的笑容。

「好懷念這個喔。去年谷原小姐氣得抓狂，說：『不准貼！本來就俗氣的店變得更俗了。』」

我恍惚地追著木梨的視線。牆上貼著海報，是有線電視臺主辦的金嗓大賽公告。

看著那張照片，淚水終於滑落臉頰。照片裡據說是去年的冠軍。前一刻還占據腦海的夏威夷蔚藍大海，瞬間變成一個陌生大叔在社區活動中心手握麥克風，春風滿面唱歌的姿態，勾起我強烈的哀愁。

五月的某日，往來館的業務搭檔造訪武藏野書店。當新書介紹完畢，木梨像是看準山中先生和店長再次開始閒聊的時機，欣喜地說：

「谷原小姐，妳今天有空嗎？我今天晚上是空著的，不介意的話，下班後要不要一起去吃個飯呢？」

我一直隱隱約約有木梨會這樣說的預感，所以想盡量避開。我用力壓下那股心情，粉飾平靜。

「啊，抱歉，我今天有點事。妳如果先跟我說今天會來的話，我就排開了。」

我認為這個藉口並不差。我有好好露出笑容，包含帶點抱怨的語氣在內，應該也表現得很精準。

然而，木梨卻緊盯著我不放，強烈的眼神像在刺探我的內心，差點令我招架不住。

我知道她看出我的動搖了。木梨突然撇開視線，為難地摸摸鼻尖。

「該不會是因為還沒到發薪日的關係吧？」

「什麼？」

「如果谷原小姐是因為這個原因拒絕我的話就太傷心了。我今天是抱著道謝的心情提出邀約的。我辭職前不是說過嗎？如果拿到第一份薪水一定要請妳吃飯。我能夠在往來館工作都是妳的功勞。」

木梨滔滔不絕地說。果然是因為她現在是「往來館員工」這種先入為主的觀念，我才會覺得她看起來比過去在武藏野書店打工時更加充滿自信嗎？

老實說，木梨直白的措辭讓我很火大。當然，她知道我的薪水很低。無論是發薪日前我一定會陷入缺錢的窘境，還是現在就是發薪日的前幾天，又或是我搔著腦袋煩惱該不該買想看的書，結果買了後連吃飯都不能隨心所欲。

木梨全都知道。毫不隱瞞告訴她的人是我。我明白，就算被她用憐憫的目光看待，我也沒有生氣的道理。

儘管如此，我還是有些不能接受。我將一切坦承相告的人，是同樣在武藏野書店工作的夥伴木梨。業界最大出版社往來館的正職員工，以高高在上的視線同情我則讓人很生氣。

腦海再次閃過《Let's Go 夫人》。面對才剛進公司一個月的孩子，還是有些惱羞成怒的心情，呼吸越來越急促。

木梨有些無言以對地吐了一口氣。

「那，什麼時候才可以呢？」

我也開始搞不清楚了，木梨的聲音令我厭煩不已。或許只是因為我被自己自卑的情緒綁架了吧，但無論如何，木梨都給我一種傲慢的感覺。

如果，這種不協調感的原因就在木梨身邊的話，那是什麼讓這個孩子才一個月就改變了呢？硬要說的話，過去在武藏野書店的木梨，應該是個低著頭的孩子才對。

她總是一臉不安，但透過長長的瀏海縫隙卻比任何人都把周圍看得更清楚，經常察覺到旁人的事，總是能準確回報。

不會過度親暱，也不會過於疏遠，保持適當的距離。正因如此，我這個幾乎是怕生代名詞的人才能和她建立起關係。小柳辭職後，我在武藏野書店最能信任的，恐怕就是年紀最小的工讀生，木梨。

短短一個月內，那個女孩在我眼中就像變了一個人。至少，她應該不是會問「那，什麼時候才可以——」這種令人無言問題的人。是什麼改變她了呢？應該不是馬上就被植入往來館精神了吧？

我迴避木梨的視線，無力地說：

「下週三以後吧。」

結果還是指定發薪日後的自己真的很丟臉，我再次嘆息。

「所以我說——」

「不只是因為錢的關係，難得和妳見面，我想看完樣書再說。」

「什麼？」

「你們今天是來送樣書的吧？我看書的速度不快，希望妳至少可以給我足夠的時間。」

我懇求地抬起頭。木梨閉口不語，一直盯著我看。我無法從她的表情探測她的心意。

「餐廳可以由我決定吧？」

短暫沉默後，從木梨口中說出來的便是這句話。我壓下失望的心情搖頭。

「不，請讓我決定。」

「不要，我想道謝。如果妳決定的話，一定會隨便找個地方吧？」

「什麼意思？」

「我的意思是，妳會避免讓我有負擔，找一間便宜的店。我們難得吃飯，就選一間很棒的餐廳，吃好吃的東西吧。請不要對我有奇怪的戒心，我真的只是想道謝。」

在這個比我小六歲的女孩眼裡，我看起來到底是什麼樣子呢？她覺得我有多窮困呢？

即使去吃飯，我也打算出錢，否則至少也要請木梨讓我平分。不過，那麼做的話，無論如何也去不了她期望中「很棒的餐廳」吧。就算是平分，現在的我應該也無法應付。關於跟在高薪公司工作、年紀比自己小的人去吃飯時該選擇哪種餐廳，我現在沒有正確解答。

離開書店時，木梨重新提起正題：

「我原先是不打算說的，因為不想讓妳有先入為主的感覺。剛才那本樣書，是我說服山中送來武藏野書店的。我有自信，這絕對是妳會喜歡的故事。我也覺得分派到書籍營業部後，第一本負責的書是這本書很幸運。請讀讀看，我很期待谷原小姐的感想喔。」

我無法好好回應到最後。只覺得木梨強行握著我的右手與她的纖細白皙不符，非常溫暖。

一週後，木梨指定的見面地點是銀座的一間義式餐廳。傳來的訊息裡也寫下了「難得一起吃飯」的文字。看網路上查到的照片與菜單，似乎絕非那種講究排場的店。

不過，銀座這條街的氛圍和前些天與木梨的互動徹底壓倒我。本來，我甚至考慮要買件新衣服，後來轉念一想，覺得還不如用那筆錢來結帳。我從衣櫥裡翻出雖然有些過時但盡可能看起來很高級的衣服，踏著沉重的步伐前往銀座。

迎接今天真的很令人憂鬱。雖說和木梨見面這件事本身也很沉重，但前幾天的那件事並非我憂鬱的唯一理由。

幾天前，為了靜下心來看書，我久違地回到老家「美晴」。自從曾經在店裡的吧檯一口氣看完大西賢也《拂過幌馬車的風》後，那裡便成為我最棒的讀書環境。

這天，我一邊吃著父親幫我做的炸肉丸一邊看樣書。木梨說「絕對是妳會喜歡的故事」的往來館樣書，是本鄉光這位已經出道十年左右的中堅作家的新作。

書名是《時而如沒有母親的孩子。或是大都會症候群》。自從宮城 Lily 的《系魚川斷層韭菜連環殺人事件》熱賣後，這類帶點古色古香又有些微妙意義不明的冗長書名便流行起來。

說白點，我一看到這個書名就反感了。即便不是這樣，對於小說家這種工作就是要鑽研「獨一無二」的人種，我也不希望他們心存僥倖地跟風。

畢竟，宮城 Lily 自己發表的第二本書《散花》，書名就簡單俐落，再次攻占排行榜。而《時而如沒有母親的孩子。或是——》這種標題，散發出作家十年寫作生涯卻不怎麼暢銷的焦慮，我實在無法喜歡。

內容的狀況也很類似。六個各自懷抱家庭煩惱的年輕人，在東京下町的無人老房子裡建立起模擬家庭。主題本身非常符合真實生活，也的確是我喜歡的類型。

然而，不知為何我卻看不太下去。不知是頻繁出現的比喻還是表現手法太老套的關係，總之我就是無法投入。老實說，並沒有出現期待與雀躍的心情。文章一直散發出「精采的要來了」的氣息卻始終沒有變精采。我靜靜看完後，這一天也是一個人的常客——石野惠奈子小姐苦笑著問我：

「我現在只要看妳的表情就可以知道一本書的好壞了。那本書那麼糟嗎？」

「嗯……也不是那麼糟。該怎麼說呢，我也不是很清楚。」

我視線落在樣書上，上面是責任編輯親筆寫下的熱情：「見證才華開花的瞬間」、「內容、文字、表現手法、書名，幾乎無懈可擊」、「想以這本書做下酒菜，和書店店員乾一杯」……對我而言最不得了的是下面這句話：

「我或許是為了賣這本書才成為編輯的吧。如果能遇到共同擁有這種想法的書店店員，將是我畢生的幸福。」

一字一句把我變得孤單。當然，編輯這種人一心想著要賣自己負責的書而不擇手段。有人會為了引人注目而吹噓得天花亂墜，也有人會滿不在乎地說謊吧。

不過，這張純文字的封面卻感受不到那類編輯的企圖。有的只是單純為作品著迷，無論如何也希望他人看看這本書的熱情。

一方面可能也是因為這樣，我才會不小心在看之前提高門檻，無法坦率看待這本書吧。也就是傳說中的「谷原效果」。

書籍感想本來就是見仁見智。成為某人救贖的故事，有時也會是另一個人強烈批評的對象。網路上的心得文就是很好的例子。那些我覺得很感動的書其中獲得不少感想的，大多充滿了正反兩論。結果，多集中在「三點五顆星」。我和小柳將這種情況稱為「三點五理論」。

所以，我並不害怕自己的感想和其他人互斥。我擔心的，是自己是不是戴了有色眼鏡，以蒙蔽的雙眼接觸書籍。

放到這次情況，所謂的「有色眼鏡」當然就是我對往來館的顧忌。從《Let's Go 夫人》開始一連串的不信任感、自己不穩定的處境和看不見未來的恐懼層層交疊下，曾經可愛的後輩挺著胸膛來到了我面前。「第一本負責的書是這本書很幸運。」這句話一直殘留在耳際。

處處承蒙上天眷顧的女人負責的書怎麼可能有趣！

難道我內心某處沒有這種想法嗎？

自己的顧忌和對書籍的評價是兩碼子事！

我認為這是理所當然的。另一方面，卻也不覺得自己是能輕易切割兩者的類型。不，歸根究柢，我不太信任自己這個人。

儘管不太信任，但若是我對書籍的評價遭到自己對木梨、往來館的顧忌擺布的話，我會對身為書店店員的自己感到十分失望。

然後，一則像是要證明這件事的訊息在此刻傳了過來。

『谷原，妳看本鄉光的樣書了嗎？』

一個表情符號都沒有，傳來這種硬邦邦內容的，是和我一起從店長手中拿到《時而如沒有母親的孩子——》樣書的磯田，她跟我一樣負責文藝書。平常一間店只有一本的樣書，木梨又「特別」給了我們一本。

隱隱約約出現不好的預感。我打下「嗯，剛看完。」後，磯田馬上回覆：

『這本書真的寫得超棒的吧？應該說，妳一定很喜歡吧？我們來推吧！認真來賣這本書吧！』

視線瞬間扭曲成一片，過了好久，我都沒發現那是自己眼淚造成的。

我重新凝視手中的樣書，無意識地說：

「或許真的該辭職了吧。」

過去出現過千百遍的想法與前所未有的迫切一起從口中逸出。人在店裡的石野小姐和老爹，同時吐出沉重的嘆息。

先開口的人是石野小姐。

「京子，妳說妳幾歲了？」

「二十九。」

「果然，明年就三十了嗎？我明白妳的心情。妳很焦慮吧？尤其是對工作不穩定的單身女性而言，三十歲完全是一道牆。我剛好也是在三十歲的時候換工作的。」

「咦？是這樣嗎？石野小姐之前做什麼工作？」

「書店店員……雖然對期待這個答案的妳很抱歉，但我之前做爵士咖啡館，自己開店。」

「啊？什麼？爵士咖啡館？開店？」

「嗯，那時候年輕氣盛，是間滿受歡迎的店喔。那是我從小就憧憬的工作，也做得很開心。」

石野小姐飲了一口酒，輕輕一笑。雖然我已經不再認為石野小姐是我以前仰慕的書店店員了，但從她口中跑出來的職業實在太突兀，令我說不出話來。

石野小姐眉眼彎彎，繼續淡淡說道：

「我覺得，無論什麼工作，想辭職的話就辭職。尤其是我們那個年代，雖然大家都偏向將『持久』說成一種美德，但我完全不這麼認為。因為每個人都必須自己拚命地挑選生存之道。若無法為那條路感到驕傲，就算工作也沒用。即使薪水是一千萬、兩千萬，如果妳說妳找不出為書店而活的意義，那就必須辭職。很抱歉，因為無論什麼工作都沒有不能取代的人，一定會有下一個人填進那個洞。工作的意義絕對在自己身上，必須自己挑選才可以。」

石野小姐比平常還要冷靜，口氣不像開導也不像在說教，只是偶爾歪著腦袋，彷彿想起什麼似地微笑，沒有將想法強壓在我身上的意思。

儘管如此，我卻動搖了。我的驕傲是什麼呢？自己挑選在書店工作的意義又是什麼？疑問接二連三在腦海中盤旋。

「話是這麼說，但我總覺得現在不是妳辭職的時候呢。」

石野小姐自言自語般的聲音讓我瞬間回神。

「為什麼？」

「抱歉，也不是什麼特別的理由。不過，我總覺得現在的妳不像當初的我一樣有衝動的『下一個目標』。最重要的是，我有種預感，妳接下來似乎會以書店店員的身分完成一件『什麼』。」

胸中的悸動加快，石野小姐說的每一句話都令人好在意。石野小姐衝動的

「下一個目標」是什麼呢？我似乎會以書店店員身分完成的「什麼」又是什麼呢？

我驚訝地抬起頭，對石野小姐說：「不，那個——」卻遭吧檯裡的老爹打斷。

「總而言之，妳什麼都還沒抗爭過吧？做了想做的工作，蜜月期過後就一直喊著辭職、辭職的。又不是小孩子了，如果有不滿，等嘗試努力改變環境後再說！」

我知道，最近老爹將石野小姐當作一個女人看待，不時偷瞄石野小姐，噁心得不得了。但老爹的話卻稍微感染了我。

老爹有些滿足地點點頭，輕輕將一個白色的東西放在吧檯上。

「幸好，妳還有可以回來的家，再稍微抗爭一下吧。卯足全力去做，即使那樣還是不行的話就回來。我教妳做菜。雖然這裡跟妳的業界一樣，沒那麼簡單就是了。」

老爹和石野小姐的話似乎瞬間為我指出了一條路。確實為我黯淡不已的日子注入微光。

然而，隨著和木梨約定的日子越來越近，憂鬱漸漸累積。要面對充滿自信的後輩、銀座這個地方還有荷包裡的狀況都是憂鬱的一個理由。但最大的原因果然是我必須傳達作品感想的這件事。

那一晚後，我以嶄新的心情又再看了一次《時而如沒有母親的孩子。或是大都會症候群》。我的感想分毫未變，無論如何都無法覺得這是本好書，也不確定是否是那無聊的有色眼鏡害的。

我下定決心，推開餐廳大門。餐廳的氣氛比網路上的照片更加隨意自在。已經先到的木梨，穿著打工時我曾看過的休閒洋裝，用力揮著手。

「谷原小姐，這裡，這裡！」

木梨沒有調侃我這一百零一件的好衣服，開心地瞇著眼睛。我鼓起勇氣打開菜單，果然比自己平常去的居酒屋還貴，卻也不是無法應付的地步。內心一半的不安很現實地瞬間消失。

吃著美食，喝著酒，和木梨並肩坐在吧檯區，我們之間的談話意外地愉快。

木梨一定也很受男生歡迎吧？每次大笑時，都會輕輕將手放到我的大腿上。

那個舉動極為自然，並不會令人不舒服。她本來就是我在武藏野書店最信任的後輩。兩人談著書，忘卻了時間，一回神才發現心中的歡欣雀躍，都想嘲笑自己之前到底是在防備什麼了。

不過，我們的關係當然和那時不一樣了。她現在是業界最大出版社的正職員工，我則依舊是小書店的約聘人員。歡樂的對話充其量只是工作的前提。

用餐大致告一段落時，木梨隨意地說：

「老實說，我本來是希望進入往來館的文藝書編輯部的，從來沒想過當什麼業務，鬧了好幾天，最後卻可以輕輕鬆鬆釋懷。妳知道是為什麼嗎？」

「不知道，為什麼？」

「因為我想，當業務的話就能盡情和妳一起工作了，覺得可以改善往來館瞧不起武藏野書店這種中型書店的思維。抱持這種想法後，我不僅當了南關東書店的負責人，還在山中手下工作，然後突然遇見了很棒的作品。」

木梨的眼睛閃閃發光，表情沒有一絲迷惘。

「谷原小姐，本鄉光《時而如沒有母親的孩子——》怎麼樣？希望可以聽到妳誠實的感想。」

木梨輕輕將玻璃杯放到吧檯上看著我的眼睛。我不自覺把手伸向掛在椅子上的包包。上個星期還不在的紙……老爹突然推回來給我的「辭呈」就放在包包裡。「這是妳之前忘記的吧？我先幫妳保管起來了。」那是老爹悉心從垃圾桶裡拿出來的東西。

我仍然不知道石野小姐提出的「身為書店店員的驕傲」是什麼。

不過，我果然不想說謊。直到現在，我還是對曾經輸給富田曉的壓力感到悔不當初。

就算被無聊的自卑情結左右，包含這份不成熟在內，現在的我也只能認同這樣的自己。

「抱歉，我不覺得這本書寫得好。或許是我見解太淺薄了，但很抱歉，我無法覺得它好看。」

一股冰冷的緊張感籠罩在我們之間，但只是一瞬間的事。木梨一副沒什麼大不了的樣子吸了吸鼻子，甚至大笑出聲。

「妳為什麼要道歉？我知道了。那我下次再帶妳可能會喜歡的書來。」

「為什麼？妳可以接受我這樣的答案嗎？」

「接受？」

「因為妳是真心覺得很好看吧？覺得我會感動。老實說，我不知道，磯田也對這本書讚不絕口，我不覺得自己的評價是對的。」

「書的評價沒有對錯。」

「或許是這樣說沒錯，可是——」我拚命咬住嘴脣。木梨盯著我，目不轉睛。

我不覺得自己最後是向她的大眼睛屈服了，我只是想說出來而已。想向最難開口的對象傾吐最難說出口的話，放下心中的擔子。

我斷斷續續說出自己的自卑情結。從始終沒有增長的薪水、黯淡無光的未來到對往來館的偏見、擅自勾勒的山中先生一家想像圖，全盤托出，毫不隱瞞。木梨則是不動聲色地聆聽。

語畢，過了一會兒，木梨依舊不打算開口，只是以有些開導的眼神盯著我看。

這段沉默持續了多久呢？先移開視線的人是木梨。她像是想起什麼似地表情舒緩開來，點了點頭。

「我明天一大早會和山中去小田原。」

我不明白這句話的意思，腦袋歪向一旁。木梨沒有理會，繼續淡淡地說：

「從小田原車站還要再搭十幾分鐘的公車，那裡好像有間獨立書店。不是特別大的店，營業額也不突出，不過，我們要去那裡說明夏季文庫展的事。」

悶悶不樂的感覺逐漸擴散開來。往來館從不曾來武藏野書店介紹過文庫展。

木梨要說的也是這件事。

「山中的口頭禪是『業務和書店在同一艘船上』。說面對面互相對抗的結構沒有意義，雙方必須是同志，朝同一個方向前進。雖然妳最後不喜歡，但我看完《時而如沒有母親的孩子——》後，第一個就想到了妳。所以我跟山中說想把樣書拿給武藏野書店。不過，他並不贊同。」

「為什麼？」雖然這麼問，但我已經想到答案，木梨似乎也發現我想到了。

「他說因為武藏野書店和我們不對等。說武藏野書店的立場與條件跟我們不一致。我一股火冒了上來，跟他說過去或許是那樣沒錯，但現在不同。應該說，現在負責文藝書的女性沒想那些事，而是很認真地在賣自己認為的好書。」

「可是，不是那樣的……我實際上沒有認同《時而如沒有母親的孩子——》……」

「那是因為那本書實際上沒有打動妳吧？」

「我不知道。就是這樣我才不覺得自己和往來館是對等的，我也不是那麼了不起的人。」

「就算這樣，谷原小姐在評價作品時也不會說謊啊。妳對富田曉老師那件事後悔得連我這個旁觀者看了都心痛，是不會再說謊的。這次單純只是故事沒有打動妳而已。」

木梨露出溫柔的微笑，不等我回答便繼續道：

「山中常說，如果在書店低聲下氣、鞠躬哈腰就能為整個業界注入活力的話，要彎多少次腰他都肯做。然而，他絕不會為了讓自己輕鬆而低頭。另一方面，他也是公司裡最力求改善書店待遇的人喔。」

「是嗎？」

「《Let's Go 夫人》的事，他也是一個人跟公司的上層對抗，要他們停止這個沒意義的陋習。妳完全誤會了，山中的太太不是什麼讀者模特兒啦。雖然我也不是很清楚，但好像大他二十五歲左右的樣子。」

「啊？」

「聽說是他在群馬念國中時朋友的母親。」

「是、是嗎？這是什麼佩塔吉尼（註2）的故事？」

「佩塔吉尼？」

「沒事，不重要。」

「啊，還有他的小孩是男生，這點不會錯。名叫貫太，好像是個很臭屁的小鬼頭，總之不是真利愛。」

木梨露出笑容，但直到最後也沒有詢問我的看法。

註2　羅柏托・佩塔吉尼（Roberto Petagine）：委內瑞拉出身的前職棒選手，曾效力於美國休士頓太空人隊、日本讀賣巨人隊等。最為人津津樂道的事情為與年長自己二十五歲以上的友人母親結婚。

「谷原小姐，我自認理解妳的不安和焦慮，也不覺得書店店員的惡劣待遇是理所當然的，這個結構的確需要改變。可是，正因為這樣，妳現在才不能辭職。我覺得妳必須留在店裡，為了改變這個業界的結構有所行動。因為，這會為將來書店這個地方以及全體出版界帶來幫助。」

話題的規模太大，我已經跟不上了。

「行動，要怎麼……」

「我不知道。首先，是要成為武藏野書店的正職員工吧。老實說，關於這點，就我旁觀的角度來看，一直覺得妳太被動了。」

「被動？」

「對。我一直覺得妳為什麼不在這件事上多掙扎多抵抗一點呢？過去的制度和公司的評價怎樣都無所謂吧？無論如何，谷原小姐妳是出版界必要的人才，請再抗爭一下吧。」

意外的，木梨和老爹說出了一樣的話，唯有在最後稍微露出猶豫的樣子。

「其實，我聽說有個大牌作家現在正在寫很不得了的新作。雖然還只是傳聞階段，但我很期待，這次應該可以打動妳了吧？我會再拿樣書過來的，到時候再告訴我感想喔。」

我現在的表情應該悲壯無比。我要做的，等同於向武藏野書店提出要求，請他們改革過去堅守至今的制度。

我希望公司讓我修改以前繳交的「人事考核表」中所有的自我評分。過去，我只因覺得麻煩，一直將所有自我評分都打「1」，我想取消這件事。依照那個規則，我幾乎不可能成為正職，但我希望公司再認真評估谷原京子這個人一次，若認為我是必要的，就讓我當正職員工——我打算傳達這件事。

人在辦公室裡的店長似乎從我僵硬的表情明白了什麼。他緩緩起身，向外面的員工交代了什麼後，還將辦公室的門鎖上。

在我開口前，店長自己說起話來。

「我以前在朝會上說過吧？我也曾有過書店店員以外的夢想。但由於各種陰錯陽差和時運不濟，再加上他人強烈的惡意，夢想虛無地消散了。儘管如此，我現在以書店店員這份工作為榮。」

我不知道店長突然要說什麼。雖然不知道，但我發現這些話跟之前朝會上的內容一字不差，看來他非常滿意這段話。

店長緊緊盯著我，害羞地搔了搔鼻子。

「其實，我原本應該會是個創作歌手喔。」

「啊？創作……？」

「嗯，我本來應該是靠音樂吃飯的。不過，由於各種陰錯陽差和時運不濟，再加上他人強烈的惡意，沒有實現夢想。那時，我被絕望徹底擊垮，拯救我的，是一本書。以書店店員的工作為目標，對我而言是很自然的道理。」

店長眼睛眨也不眨地盯著我。

「谷原京子，我知道妳現在在想什麼，只要看妳這陣子的表情就能明白了。在這個前提下，請讓我傳達一件事，我希望妳現在還不要行動。」

「咦……？」

「請先讓我行動。妳想親自和敝公司董事長傳達的事情，等我行動之後再說也不遲吧？請先讓我來抗爭。」

有什麼東西「砰」的一聲觸動了我的胸口。我本來是想直接跟柏木董事長提出自己的訴求，希望董事長能讓我當正職員工，請他評估我。我本來打算，即使要前往董事長吉祥寺的家也要提出這項訴求。

「店長——」

話語擅自脫口而出。店長的表情是我從沒看過的溫柔。

「唉呀唉呀，不要哭喔。惹女生哭可不是我的興趣。妳是我重要的員工也是家人，和妳人生密切相關的事對我的人生來說也很重要。當然，我自己也需要覺悟就是了。不過，這不只是妳一個人的問題，也是我自己的問題。所以我才要拜託妳，讓我先行動。」

回想起來，店長說的淨是些不明所以的內容。不只劈頭便說起我夢想中的話這件事很神奇，仔細一想，他只是看到我的表情就能明白我的內心也很奇怪。

儘管如此，我們的談話還算對得起來。有人了解自己的感受並且願意保護我，這份驚訝和喜悅令我欣喜若狂。

「謝謝！我會等店長的。當然，我也有抗爭的打算，但我會等店長先行動。」

我大喊出聲，有史以來第一次和店長緊握雙手。之後，大約過了兩個星期。

我一點都沒有店長為我做了什麼的感覺，就在我差不多開始不耐煩的某日，我和拿資料過來的木梨站在樓梯旁，後輩磯田臉色大變地來叫我。

「谷原！啊，木梨也在！等、等一下，不得了了！快點來辦公室！」

磯田極度驚慌失措，瞥了店裡的牆壁一眼。牆壁上貼著那張有線電視臺的海報。「重大決定！吉祥寺金嗓大賽今年又來了！」海報上的這句話不知為何伴著不好的預感躍入我的眼簾。

一衝進辦公室，好幾個人鬧哄哄地圍著電視。我和木梨擠進人群中，大吃一驚。我沒有把握自己有沒有把「驚」這個字喊出來。

落伍的舊型電視裡，映著的是難得請特休的店長。儘管他戴著一副全黑墨鏡，但過於鬆垮地黑色皮革裝和敞開的衣襟裡蒼白過頭又慘澹的胸膛，一眼就可以認出那是店長。

片刻後，我也掌握了狀況。店長寶貝地握著麥克風，電視臺的後牆也貼著那張「金嗓大賽」海報。

疑似主持人的中年女子笑容滿面地說：

「那麼，山本先生，最後請說一句話。」

店長裝模作樣地揚起下巴。

「我認為，所謂歌曲，就應該只對一個人唱。所以，我將對著一個人唱歌。我相信在那一個人之後，會有一百萬、兩百萬的歌迷。」

女主持人徹底無視店長的大言不慚，舉起手說：

「那麼，請吉祥寺引以為豪的武藏野書店精明店長——山本猛先生，為我們帶來The Blue Hearts的〈溫柔待人〉！」

我不知道那首歌。不過，歌詞一開頭就令人深感共鳴。原本雙腳張開，站得筆挺的店長，在開口唱歌的同時，便在舞臺上飛奔、跳躍。

「我——快——抓——狂——了——！啦啦啦啦啦啦啦！」

看著店長連和聲都自己唱出來的樣子，分不清是何種情感的淚水滑過臉頰。雖然不知道這是憤怒還是丟臉的淚水，唯有歌詞令我贊同無比。真的是「我快抓狂了」，那才是我要說的話！

店長在舞臺上盡情奔跑。他到底想幹麼？一切都莫名其妙，唯有一件事能明白，那就是店長夢想崩塌的原因。

什麼「陰錯陽差」、「時運不濟」？什麼「他人強烈的惡意」！

店長音痴的程度會讓人下巴嚇得掉下來。

儘管如此，店長仍是一臉樂在其中的樣子，途中，他將墨鏡丟向評審席，彷彿一個獨當一面的歌手，露出來的表情洋溢著滿足。

前幾天的對話突然閃過腦海。也就是說，店長說的「先行動」，似乎就是這個。他不是要建議董事長讓谷原成為正職，只是想用曾經懷抱的「夢想」之力鼓勵我。

聽到副歌歌詞時，讓我確信了這點。店長臉上終於浮現喜悅，嘴巴抵著麥克風，伸手指向鏡頭。

「我──要──說──！」

喂，不要。

「大──聲──說──！」

就跟你說不要！

「對谷原京子說——」

……

「妳有聽見嗎？」

就跟你說……

「加油————！！！」

啪、啪、啪。那一瞬間，我全身上下的細胞發出劇烈聲響。每一個毛細孔都爆出冷汗，我依然邊流著意義不明的淚水邊笑著。

身邊的人全都毛骨悚然地看向我，漸漸拉開距離。當人群就像摩西十誡故事般散開時，唯有木梨沒有離開我身邊的意思，她跟我一樣凝視著電視機。

木梨下意識挽住我的手臂，眼眶果然也充滿謎樣的淚水。我無法置信，她竟然說出這樣的話：

「店長好帥……」

啊啊，原來這孩子也是個少根筋的笨蛋——

腦海瞬間閃過這個想法。

不過，那跟我平常厭煩的笨蛋完全相反，要說的話，就是能夠正式變成對等關係、令人放心的「笨蛋」。

第五話　雖然神明少根筋

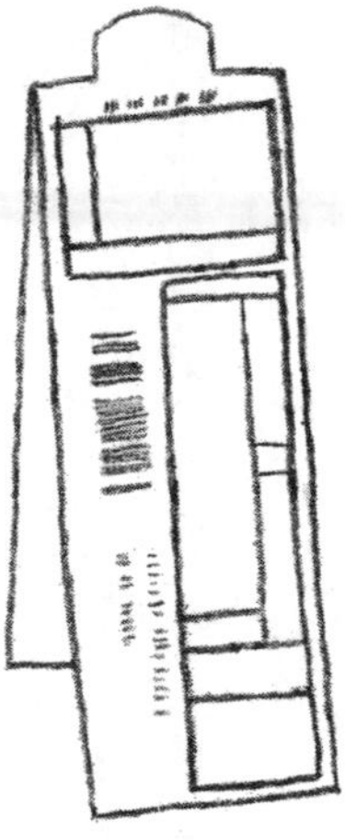

完完全全犯太歲。

我沒有特定信仰，對占卜一類的東西也只是信好玩的。當然，也從沒想過自己的前世怎麼樣等等的。

不過，若是接二連三發生這麼煩人的事，多少也會開始湧現懷疑的心情。

顧客就是神──

雖然不知道這句話的出處是三波春夫還是相聲團體「Let's Go 三隻」，但若按字面解釋這句奧客熱愛經典名句的話，我上輩子一定極度冒瀆了神明。

這是個讓我不得不認真思考這件事、不停發生難題的日子。不，是討厭的顧客不停光臨的日子。八月，蟬鳴壓過了店裡播放的音樂，玻璃門外的景色扭曲搖晃。

啊啊，犯太歲、犯太歲、犯太歲……

我有非常不擅長應付的三位神明。若是在睡前想像、身體便會癢得睡不著的那三個人，像是約好似地在同一天前來。接下來，我想要一個個來說明。

No. 1，預估六十五歲，硬是將稀疏的頭髮梳齊的男性。不用說也知道是月刊《釣魚好日子》的忠實讀者，據說直到幾年前為止都還是公務員的神明。

這位姑且稱他為「神明A」的顧客一如往常，幾乎是與開店同時間進入武藏野書店。過去，他從未打破星期一、三、五來店的完美規律，但最近不知怎麼的，在其中加了星期四。

而今天是星期四。曾經因為「同樣身為男人」和神明A惺惺相惜的店長，似乎在我不知道的地方犯了錯，狠狠挨了對方一頓罵。從此以後，除了週六、日，只要朝會一結束，店長便會瀟灑地隱身在店內某處了。

好，要來了⋯⋯所有員工嚴陣以待。宣告開店的〈音樂盒舞者〉在我們耳裡已經只像是惡魔的咆哮了。

神明A彷彿帶領其他常客般地打頭陣進入店內。到此為止是跟平常一樣的發展，但有個地方不一樣。平常，神明A簡直就像個挑剔媳婦打掃成果的婆婆，會在店內繞一圈，迅速發現不妥的地方。然而不知為何，他今天卻一直線向櫃檯走來。

鏗鏘的腳步聲在我聽來的確像是惡魔的腳步。

「喂，妳這傢伙——」

「是的，請問需要什麼嗎？」我端出宛如資深女演員的完美笑容應對，內心築起一層又一層的防護罩。我已經不再天真得會因為「妳這傢伙」這種小事被擾亂心情。

「給我去拿報紙上刊的那本新書。」

「您是說報紙嗎？」我又加厚了一層防護罩。神明A的額頭一口氣冒出青筋。

「就跟妳說是報紙了啊！寫得大大的『現在最暢銷的書』。就是那本書！」

不可理喻、不可理喻、不可理喻……我以燦爛的笑容掩蓋這份心情。

「很抱歉，請問您知道書名或是作者的名字嗎？」

「我不知道那種東西！」

「那是小說嗎？還是實用書呢？有沒有可能是雜誌或漫畫呢？」

「就跟妳說我不知道了啊！大概一千六百圓，紅色封面。總之就是新書！」

「是新書對吧？」

「當然啊！報紙廣告刊的有可能不是新書嗎！」

有可能喔！我差一點沒抑止住內心的尖叫。「紅色封面、一千六百圓、報紙廣告……」我刻意唸出聲，打開網路搜尋，心想著怎麼可能找到。

「順帶問一下，請問是今天的報紙嗎？」

「不知道，昨天在理髮廳的架上拿的。」

「您知道是哪一家報紙嗎？」

「好像是朝日還是讀賣，或是每日或產經吧。不對，有可能是東京新聞。」

「這樣啊，好像是朝日還是讀賣，或是每日或產經……又或者是東京新聞是嗎？」我專心地重複，希望對方可以察覺自己說的話有多荒謬。當然，庶民的聲音是無法傳到神明耳朵裡的。

「喂，快點。你們也太不專業囉。」

怒氣沖天的語調在一聲嘆息後變成諄諄教誨的態度。這也是老樣子。武藏野書店的員工都知道，這是神明A要進入冗長說教時間的前奏。所有人應該也都曉得，此時絕對不能回話。

「欸，妳也是有好好在領薪水吧？」

是的，只是薪水超乎想像的低就是了。我在心中回嘴。

「那是報紙廣告上的書喔？是『現在最暢銷的書』。連這種書你們都沒有事先掌握要怎麼辦？」

因為世上那樣的書多得數不清。

「說到底，這間店的書太不齊全了。連暢銷書都沒擺出來不是嗎？」

我也有同樣的不滿。我可以跟他說都是因為出版社和經銷商不鋪書過來吧？

「之前也發生過類似的事吧？你們一直找不到我在找的書。」

對，發生過。印象中那是絕版三十多年的書，還只是下集。

「那個時候你們也是人仰馬翻吧？」

沒錯，沒錯。畢竟，那是因為您給的資訊只有「學生時代看過、當時的暢銷書、紅色的」這些而已。看樣子，神明似乎非常喜歡紅色的書。

「結果我也買不到。你們不覺得這樣很丟臉嗎？」

老實說，不覺得。我反而想稱讚自己的專業，能從那點芝麻綠豆的資訊推導出絕版書的真面目。

「就是因為這樣，你們才會輸給『亞馬孫』。」

「您是說亞馬遜嗎？」我真的是無意識脫口而出的。一旁的磯田嚇得倒吸一口氣，我也發現自己的失誤了。轉瞬間，神明A額頭上的青筋像心臟一樣跳動。

「妳說什麼？」

「不，沒什麼……您看這樣如何？我們可以想辦法找出來這本書再調貨。」

想轉移話題的焦慮讓我不小心說了自找麻煩的話。

「書多久會到？」

「大概需要兩星期左右。」

「妳要我等那麼久嗎？你們真的沒把工作當一回事吧？這樣是絕對贏不了網路書店的。總之，就調貨吧，等我看到書再決定要不要買。」

「不，這樣……」

「不行嗎？我好像在哪裡聽過，書不是有一種再販制度是可以退貨的嗎？所以我們才被迫所有書都要用定價買。」

是的，沒錯，您說得對。我再次切換成內心的聲音。只求對方能快點饒了我。不知道是不是心聲傳達出去的關係，神明A像是做標記似地大大嘆了一口氣後轉身，終於依依不捨地離開店裡。

儘管如此，鬱悶也沒有消滅半分。午休時，我邊吃竹輪夾心麵包邊看了一星期份的報紙廣告。

不幸的是，「一千六百圓左右」的「紅色書籍」廣告有三本之多。而且每一本都有「現在最暢銷」這一類的句子，令人驚訝不已。

眼前不由得一花，腦海裡閃過神明A面紅耳赤的臉孔，我陷入絕望。

光是這樣就已經夠犯太歲了。然而，我上輩子大概無惡不作吧，試煉並沒有停止。

No.２，午後第一個來到店裡的「神明Ｂ」是個年約七十五歲左右的白髮男性。

這位神明整體來說，是個外表看起來非常好的人。實際上他說話的口氣也很溫和，卻因為一個特徵和一個缺點，令我們工作人員避如蛇蠍。

其實下午本來是磯田的時段，她卻剛好被來訪的出版社業務逮住，便由我站櫃檯。

神明B像是看準時機般地來到店裡，而且跟神明A一樣，儘管平常都是若無其事花一、兩個小時在店裡挑選，今天卻不知為何徑直走向我。

神明B露出一如往常的笑容，緩緩開口。

「丘巴卡萬歲，丘巴卡萬歲！」

不騙人，不誇張，我聽到的就是這樣。丘巴卡、丘巴卡……我無聲複誦，腦袋全力運轉。那是什麼？我命令自己快點找出類似的詞！

無言的沉默持續了一段時間，我最後還是沒有導出正確答案。就算無可奈何，我的應對也完全錯誤。

「那、那個，不好意思。請問丘巴卡是什麼呢？能請您再說一次，說慢一點嗎？」

神明B的呼吸轉眼間急促起來，我再次察覺自己的失誤，好想把頭埋進掌心裡。沒錯，神明B的特徵就是壓倒性的口齒不清，缺點就是如果反問，頓時會火冒三丈。

當然，我一點也沒有瞧不起神明的意思。不過，笑嘻嘻地希望對方無論如何也不要生氣是不行的。會犯這種初階錯誤，一定是因為我在視線一角捕捉到

「神明C」的緣故吧。

神明B忘我地破口大罵。神明A再怎麼囉唆，跟挨他的罵相比，沐浴在乍看之下宛如佛祖般的神明B罵聲中，精神上受到的打擊更大。這麼說來，留下「自從被女朋友劈腿後我就不相信人類了。」這句名言的工讀生弟弟，也是遭神明B瘋狂教訓後馬上辭職了。

「△◎☆●V♀▲♭◎★♂！！！」

我已經連對方在說哪國話都無法分辨了。「很抱歉！」「真的非常抱歉！」面對只聽出了「流浪者之歌」的怒吼聲，我一個勁地低頭道歉。

神明B的憤怒終於逐漸平息，我戰戰兢兢抬起頭。以監護人的姿態站在我身邊的，是No.3的「神明C」。關於這位推估七十二歲、身型嬌小的老婆婆，我想長話短說。

總而言之，需要特別一提的，就是神明C不知為何對我關愛異常。指名我結帳就不用說了，從當她閒聊的對象、回應上次收到她裝在塑膠保鮮盒裡的菜色感想到修改孫子的讀書心得，外加應付「谷原小姐，妳要不要當我養女？」這種分不清是玩笑還是認真的提議。結果，我曾經一個月內多了好幾次莫名其妙的加班。以我個人而言，應對一臉「因為谷原已經是調教過的」的神明C遠比前面兩人還要耗損精神。

我真的犯太歲。可以說是我心目中前三糟的神明一個接一個地過來，從剛開店到午休，再到下午時間，全都想方設法削弱我的神經。

若要再加一筆的話，那便是空檔時間，以店長為目標光臨店裡的當地女高中生。

「請、請問，山本店長在嗎？」

雙頰緋紅提問的她們是多麼惹人憐愛啊。雖然我完全無法理解，但店長因為五月那場有線電視臺舉辦的「金嗓大賽」，不知為何獲得了許多年輕女粉絲。

一定是因為他那種吉祥物風格的調調吧。我並不想責備那些女孩，但店長那副色瞇瞇、再怎麼忙也絕不會疏於招呼她們的樣子卻令人非常火大。而且當店長對我說：「啊，谷原京子，等一下比較不忙的時候，可以請妳給我一些色紙嗎？她們跟我要簽名。當然，我會付錢。」時，我清楚湧現了殺人的念頭。

三位神明、兩個女高中生再加上一名店長，在他們的擺布下，當我好不容易結束神明C拜託的包裝工作後，已經筋疲力盡。

儘管如此，天無絕人之路，有害怕的神明，也有我最喜歡的神明。當我走出辦公室，想著今天要直接回家放空耍廢時，出現在眼簾的，是告訴我作家大西賢也美好的淑女——藤井美也子小姐，俗稱「madam」。

「藤井小姐！」

madam 戴著眼鏡，正在確認新書陳列臺，我出聲喚她。平常，我絕對不會做這種厚臉皮的事，但 madam 優雅的身姿令我不禁卸下心防。

「啊，谷原小姐，好久不見。」

拿下眼鏡的 madam 也沒有不悅的樣子，一如往常的溫柔笑容緊緊將我圈住。感覺沒忍耐好的話，我甚至要落淚了。

「真的好久不見！最近很少看到您，我還有點擔心。」

「唉呀，妳這樣說我好高興。這陣子事情有點多。」

「您很忙嗎？這麼說來，您又更瘦了呢。」

「嗯，是嗎？」

「是的。好羨慕喔，我明明忙進忙出的卻完全不會瘦。」

「可是妳看起來也有點消瘦呢。谷原小姐是個認真的人，不可以拚命過頭喔。」

madam 這麼說應該沒有什麼特別的深意，但對我而言，卻是具有魔力的一句話，瞬間肯定了我這不可理喻的一天。

「唉啊，等一下，怎麼啦？」

「咦？什麼？」

「妳哭了。」

madam說完闔上嘴巴，瞥了一眼手錶。她從包包裡拿出手帕塞進我手中，說出我意想不到的話：

「谷原小姐，妳今天的工作已經結束了嗎？」

「對，我下班了。」

「那等一下要不要一起去喝一杯呢？」

「咦？現在嗎？」

「不行嗎？跟客人出去果然會違反規定之類的嗎？」

madam自言自語，理解似地點點頭，眉眼露出依稀帶著寂寞的笑容。

「不過，沒關係吧？我能當武藏野書店客人的時間也不多了。只要別跟其他工作人員說就好。」

能夠單獨和madam一起去喝酒是純粹的快樂。可是不知為何，每當有誰突然邀我時一定是在發薪日前。按照往例，我的荷包空空如也。

事先取得老爹同意後，我向madam建議：「要不要去神樂坂喝呢？」

madam似乎很意外從我口中聽到「神樂坂」這個地名，不停眨著本來就很大的眼瞳。

我老實交代了荷包的狀況。madam 說：「這頓當然是我出錢呀。」老實說，我也猜想她應該會這麼說卻無法接受。

「真是的，妳太一板一眼了！這樣下去，以後真的會一直吃虧喔。」

「我已經充分感受到一直在吃虧了。」

「嗯——神樂坂啊。算了，去妳的老家也不錯吧。好，我接受。不過，我們搭計程車去。」

「咦——這樣不就沒有意義了嗎？」

「囉唆，這是顧客的命令。顧客就是神，對吧？」

「出現了，關鍵句！」

「什麼？」

「沒事！」

madam 在吉祥寺車站前強迫我搭上計程車，車裡的對話意外地愉快。從店裡的互動中我所知曉的，只有 madam 名叫藤井美也子而已。無論是她今年五十二歲，還是目前以派遣員工的身分在證券公司上班，或是驚人的至今都是單身的事，全都是第一次知道。

談話間，我偷偷用手機查了「madam」這個字。如我所料，出現的意思是「太太」、「夫人」。反正我只在心中這樣稱呼她，事到如今也改不了習慣的叫法了。

madam說話、輕笑、撫摸頭髮，身體一動便散發好聞的香氣。看不出來五十多歲的笑容可愛無比，襯衫搭配長褲的簡約服裝也十分高尚優雅。無論是妝容抑或髮型都無懈可擊，令我單純地憧憬。madam的生活一定每天都閃閃發亮吧。那麼，如果問我要不要在服裝打扮上用心，答案是「No」，但如果是問想不想從明天開始和madam交換人生的話，我一定回答「Yes」。

在我陶醉地將自己交給夏日風情的柑橘調香氣時，計程車來到了熟悉的大久保通。

當車子準備停在神樂坂上時，madam突然改變話題。

「接續剛才說的，我最近要離開東京了，以後不再是客人就是這個意思。我要回大分的老家。」

「咦？為什麼？」

「嗯，有很多原因，這個也等到妳家的店再說吧。」

madam露出期待的微笑，我領著她揭開老家「美晴」的門簾。店裡沒有其他客人。不知道是不是確認了這一點，madam發出了少女般的嬌聲：「哇啊，好可愛！好棒的店！」老爹握著菜刀怔怔地盯著madam不放。

這個色老頭……「石野小姐今天沒來嗎？」我帶著調侃的心情，提起老爹喜歡的女常客——石野惠奈子小姐。

老爹的肩膀哆嗦了一下，慌慌張張地說：「啊啊，她這陣子沒怎麼來。」在大致互相問候後，madam 先行去了洗手間。傻傻望著 madam 背影的老爹立即小聲問道：

「那個人是誰啊？」

「我店裡的客人。」

「她以前來過這裡吧？」

「啊？怎麼可能？她完全不像是會來這裡的人啊。」

「是嗎？是什麼原因呢？我跟她在哪裡見過吧？」

「沒見過啦。什麼啊？」

這個色老爹……在我重新用力壓下這句話時，madam 從洗手間回來了。madam 迅速點了啤酒。「不介意的話，谷原爸爸也來一杯吧。」聽到這句話，老爹露出色瞇瞇的歡喜樣，兩人高興地輕碰酒杯。

「啊——好好喝。谷原爸爸這支好棒喔！」

madam 乍聽之下不知為何有點猥瑣的恭維令老爹樂陶陶的，好像想說什麼的樣子，此時剛好進來了一組四人的上班族。老爹的依依不捨和 madam 隱約鬆了一口氣的表情成為強烈對比。

「怎麼樣，谷原小姐，妳最近好嗎？」
madam 緩緩將酒杯放回吧檯。
「妳問的是哪方面？工作還是平常生活？」
「那，問好的那方面。」
「兩邊都很慘啊。」
「那麼，平常生活。話說回來，我完全不了解妳呢。記得妳的名字是叫……？」
「京子。」
「那，京子，妳有男朋友嗎？」
「沒有。開始這份工作後就沒交過男朋友了。」
「咦？好意外喔。妳明明這麼可愛。」
「謝謝。」
「那，妳最近有跟人約會嗎？」
「咦？約會？」
「啊，有。妳真的很老實呢，想法都寫在臉上，一看就知道了。」
madam 單方面認定地說完後笑出聲來。我朝老爹的方向瞥了一眼，為他被那群上班族逮住而鬆了一口氣。

「告訴我嘛，又不會少一塊肉。」madam跟在店裡憂鬱的形象有一百八十度的轉變，像個女高中生一樣輕快活潑地問道。嘴裡自然而然逸出了嘆息。

其實，我在睽違四年之久後最近有了約會，正確來說是三個星期前。突然向我的社群帳號傳送私人訊息的，是《前所未有的伊甸》作者，大約半年前在武藏野書店舉辦座談會的富田曉。

『最近我遇到了些瓶頸。可以請妳坦率地說說對我作品的意見嗎？』

雖然收到了這樣的訊息，但一開始我心懷戒備，想著是不是有人在惡作劇。不過，帳號的確是富田曉本人的，最重要的是，沒有人會因為這種惡作劇而得到好處。

老實說，我和富田曉之間圍繞作品所展開的訊息對話十分愉快。雖然我不認為那場座談會上的互動是原因，但富田曉最近的社群帳號不像從前一樣夾槍帶棒，傳給我的訊息文字也很有禮貌。

儘管如此，當我看到「我想和妳見面，多聽妳說一些。」的訊息時，還是升起了防備。「那麼，就再到店裡談吧。」我回了一句不會得罪人的話，結果被富田曉用「可以的話，我想單獨和妳見面，方便的話，要不要一起吃個飯呢？」一否決了。

我不懂。一個如今炙手可熱的作家，有可能去邀一個成天在混濁空氣裡掙扎的書店約聘員工吃飯嗎？

說到底，我連他是不是真的把我當成我都覺得可疑。他是不是把我誤認成其他哪個漂亮的員工了呢……那天他接觸的人裡沒有那種人——腦海裡閃過這種失禮至極的想法。

在半強迫下，我們將要兩人單獨見面。由於直到最後一刻我都無法抹去這是整人遊戲的懷疑，也無法和店裡的誰商量，只有找了已經離職的小柳真理借約會穿的衣服。

「想不到那個谷原竟然要約會啊。對方是誰？什麼樣的人？」

或許是從不道德的戀情中解脫的關係，也或許是很適應現在打工的服飾店，小柳的表情比在武藏野書店時顯得更開朗。

她從以前就是個敏銳的人。我當然沒跟她透露約會對象的身分。小柳邊為我化上大膽的妝容邊問道：

「感覺很可疑喔。說實在的，是誰？該不會是我認識的人吧？難道是作家嗎？」

「啊、啊？怎麼可能？作家為什麼要跟我這種人約會……」

「嗯，說得也是，又不是什麼小說情節。那，就是那個，店長。」

小柳的口氣雖然帶著玩笑，空氣卻在瞬間完全凝結。我吃了一記與剛才問題不同角度的反擊，啞口無言。

「等一下，小柳，可以請妳有點分寸嗎？」

「因為，也不是不可能吧？不管怎麼說，我覺得妳也是有點在意店長這個人的嘛。」小柳嬌聲嬌氣地打趣，令我更為光火。

「不可能。『因為』什麼啊？我才沒有在意他。」

「是嗎？」

「絕對不可能！」

我認真起來，聲音變得激動。小柳像是要迴避我的憤怒般，最後在我的臉頰上輕拍了兩下說：「好，完成。反正，不管對方是誰都請好好加油吧。只要好好打扮，妳可是非常可愛的。」

的確，鏡中的自己是前所未見的精心打扮。傍晚，開著PEUGEOT愛車來三鷹接我的富田曉也說：「哇，好厲害。谷原小姐，妳比在店裡看到時漂亮很多。」我自己都知道自己臉紅了。

我們開環八，從玉川交流道下第三京濱道路，目的地是橫濱。兩人單獨見面後我了解到，富田曉似乎是認真對我感興趣的，以及他其實不太習慣和女生相處。

小說賣得好或許不等於就是花花公子吧，這兩件事沒有因果關係。會覺得暢銷作家很受異性歡迎，或許也是我這個書店店員的個人偏見。

「學生時代，我一直被周圍的人忽視，越來越自卑，所以成為小說家後就一心想給他們好看想過了頭。明明那些人也沒在看我，我卻虛張著意義不明的聲勢。我被妳們店長狠狠擺一道時雖然生氣，但也有稍微清醒過來的感覺。」

與我同年的富田曉坦率吐露自己的心情，我第一次覺得這樣的他很可愛。

「不過，就是因為那種『被周圍的人忽視』的感覺，才會讓老師您寫出《前所未有的伊甸》吧？」

「谷原小姐，可以請妳不要叫我『老師』嗎？」

「可是——」

「與其說是有隔閡，倒不如說感覺好像被當傻瓜一樣不舒服。我不會要妳直接喊我的名字，但至少希望妳能喊我一聲富田。」

富田曉手握方向盤，臉頰轉眼間染上一片紅，我再次覺得這個人很可愛。他悄悄伸出的手微微發抖，沒有讓我產生防備的心情，雖然我還無法握回去，但一直放在我手背上的那隻手卻不會令人不舒服。

富田曉預約用餐的地點，是位於飯店頂樓的法式餐廳。這對前一晚以兩片起司片和三根玉米濃湯棒解決晚餐的我而言，顯然超出了自己應有的水準，而且是身體會因用餐品質的高度差出狀況的等級。神奇的是，我卻一點也不緊張，一定是因為眼前有個人比我抖得更厲害的關係。

平常吃的定食餐廳更好吃……我並沒有這樣的感覺，生平第一次見到的菜色每一道都很優雅，我珍惜地一口一口咀嚼。

富田曉也漸漸消除了緊張，我們在俯瞰港未來摩天輪的靠窗座位上，可以放鬆地聊著《前所未有的伊甸》和預計今年冬天出版、並強烈散發傑作氣息的未公開新書。

然而，在餐後甜點送上桌後，富田曉再次沉默下來。「抱歉，只有我一個人在喝酒。」我沒有留意，微微低下頭。

「不，那支紅酒本來就是想讓妳喝的，怎麼樣？」

「非常棒，這不是客套話，我第一次喝到這麼好喝的紅酒。」

「太好了。下次一定要和我一起喝。」

「嗯，我很樂意。」

「不，不對。我不是想說這個。」

富田曉喃喃自語，肩膀用力地拱起又放下。

「谷原小姐，妳願意再跟我約會嗎？我想更了解妳。」

他聲音顫抖，視線望向餐桌的一點。此時，我已經不再懷疑這是整人遊戲，也了解到這跟法式料理一樣是件跟自己不相配的事。我還是一樣不懂為什麼富田曉會對我這樣的女生有興趣，也不討厭他這個人。

最重要的是，他是將《前所未有的伊甸》這樣的超級傑作送到這世上的人。在他重新取回謙遜的精神後，今後發表的作品一定會越來越精采。當我硬著頭皮想像自己在那樣的他身邊時，的確有種暈陶陶的心情。不過，我無法給他任何答覆。

每當我想描繪明亮的未來藍圖時，腦海莫名就會閃過一張臉孔。一定都是小柳剛剛說那些多餘的話害的。每當我快要將心交給富田曉時，眼前不知為何便會閃過店長的笑臉。

我不斷試圖消滅那個畫面。然而，我越是拚命，腦中便越會浮現那道輕浮的笑容，途中甚至開始讓我噁心起來。

「結果，就沒有約成下一次約會了。」

我以「某個小說家」帶過富田曉的名字，隱藏了店長的部分，向 madam 坦承了大致的情形。

madam 的眼睛瞪得像銅鈴一樣。

「什麼啊，簡直跟那個一樣吧？」

我當然馬上就知道 madam 口中的「那個」是什麼。

「不一樣。」

「為什麼？一樣吧？是那個喔？跟大西賢也《早乙女今宵的後日談》寫的情節幾乎一樣吧？」

沒錯。其實我自己也這樣覺得。那本小說的主角——榎本小夜子也是被來開簽名會的帥哥作家告白卻冷淡地拒絕了對方。理由是，她很在意「最了解自己」的店長。我在橫濱飯店的法式餐廳快吐了的原因，就是想起了這件事。

「就說完全不一樣！」

否定的話語強而有力。沒錯，因為實際上是不一樣的。我既不喜歡店長也絲毫不覺得店長了解我什麼的。反而是因為他根本不了解我，讓我總是焦躁不已。最重要的是，小說裡和現實生活中的店長根本是不一樣的類型。

在《早乙女今宵的後日談》裡登場的店長，是個要加上「超級」二字的聰明人。畢竟，他老早就發現「名字是變位字謎」，假裝沒看見少了一個「I」，推斷出書店店員榎本小夜子（EMOTO SAYOKO）即是前暢銷作家早乙女今宵（SAOTOME KOYOI）。我們家的店長不可能會那種絕技。要是他能做到那種事的話，我早就喜歡他了。

madam 不懷好意地盯著認真反駁的我，自顧自地說：「這樣啊，店長啊。的確，妳和店長的事或許是個盲點呢……」

瞬間，我清楚想像了接下來將會出現的不妙發展。madam本該溫柔的表情，突然間看起來像個多管閒事的大媽，甚至變成了「神明D」。

「說到大西賢也，他現在好像正在寫很厲害的新稿呢。」

我一心想改變話題說道。madam表情一亮，歡欣鼓舞。

「啊，妳看往來館的社群帳號了嗎？好像又是在講書店呢。」

「咦？是嗎？那是《早乙女今宵——》的續集嗎？」

「似乎不是。好像是老師發現了還想寫的主題，打造了全新的系列。」

「妳真清楚。」

「都是網路上寫的就是了。」

madam開心地說，強調她是多麼迫不及待想看大西賢也的新書。

談這個比談店長的話題好多了，我也適度地邊聽邊附和。不過，老實說我對這件事並不是那麼有興趣。

我本來就對大西賢也這個小說家沒有太特別的情感。如果新書像他的出道作《拂過幌馬車的風》一樣的話，我會想再看看，但我對以書店為背景的小說無法有什麼好預感。就算跟《早乙女今宵——》不同，登場人物一定也還是一樣閃閃發亮吧？

madam盡情地訴說了一番她對大西賢也的愛後前往洗手間。我看著她踉蹌的背影，突然間，老爹出聲道：

「啊啊，對了。果然是這樣，我想起來了。」

我戰戰兢兢回頭問：「什麼啦？這麼突然。你說你想起來什麼了？」老爹瞧也不瞧我一眼，直盯著洗手間的門說：

「她是那個吧？以前我帶妳去的神保町書店的人。」

「啊？」

「妳自己之前不是講過嗎？推薦繪本給妳的書店店員。我完全想起來了，所以才會覺得看過她。」

我茫然地將視線轉回洗手間的門上。登著啤酒模特兒的啤酒公司海報換新的了。

腦袋跟不上這突然的發展，我放棄思考，只是一個勁地盯著啤酒模特兒那像氣球一樣鼓起的胸部。

神明蠢死了，都是祂們害的。託瘋狂神明的福，我遇上了悽慘無比的事。和「神明D」＝madam＝藤井美也子小姐在老家「美晴」暢飲後的隔天，店長一如往常露出膚淺的笑容，跟平常一樣舉行漫長的朝會，但不知為何看起來卻和平常有些不一樣。

「聽好了，各位欠缺的是徹底的自我揭露，自己都不願意敞開心胸了，顧客又為什麼要向各位敞開心胸呢？我希望大家現在捫心自問！大家真的有做到 open your heart 嗎？有把聚在這裡的夥伴當成 family 一樣疼惜嗎？希望大家思考看看——」

突然登場的重點詞「family」，還有「open」「your heart」等等夾雜英文的晶晶體。歸根結柢，無論我們有沒有敞開心胸，我都不認為顧客有必要在書店敞開心胸。再進一步，眼下我們的煩惱就是「話雖如此卻有太多顧客不停對我們敞開心胸」。

無論是依舊沒有意義的談話內容、誇張的姿勢還是帶著水氣的泛紅眼瞳，店長身上沒有和平常不同之處。然而，盯著他，我的心情卻不知為何起了變化。有什麼東西輕輕戳著我的內心深處。

我凝視店長快速開闔的嘴唇，甚至忘了眨眼，大腦突然閃過一個至今從沒想過的假設：「這一切是不是他演出來的呢？」

如果，萬一……店長是故意表現出一副「蠢」樣的話，會怎麼樣呢？

目的是什麼？

當然是為了經營管理。為了把店鋪經營得更順利，刻意讓自己這個領導者扮演丑角。這種事有可能嗎？

這種事……也不是不可能。

事實上，如今武藏野書店吉祥寺總店的所有員工，在反店長的旗幟下團結一致。不知是不是拜此之賜，這幾個月的營業額持續創下跟去年同期相比大幅提升的紀錄，呈現前所未有的朝氣蓬勃。

當然，我並不會因為這樣就覺得店長「在演戲」。不過，萬一有這個可能的話會怎麼樣呢？

一個超乎我們想像能幹的店長……？

不可能不可能不可能不可能！絕對不可能。

當我在內心盛大地吐槽自己時，店長高高舉起一本書。那是他過去某次朝會也介紹過的竹丸 tomoya《為沒有幹勁的員工種下服務精神 優秀領導人的77個法則！》。「今天早上，我發現了一本似乎很有趣的書。」店長開始介紹，彷彿這是他第一次提到這本書一樣。

店長額頭上的薄汗發著光。四十歲蠢男人的汗水——平常應該會噁心得令人想吐，但是……

我的老天爺！怎麼想果然都是神明D害的。今天的我一回神才發現，自己連那些汗水都看得入迷。

磯田眼尖地瞧見了我的這副德行。

「那個，谷原，我果然很介意，妳可不可以不要生氣，坦率地聽我說呢？」

磯田特地辯解一番後說的，果然是「我就是覺得店長在對妳拋媚眼」這種令人憂鬱到極點的回報。

磯田以前也講過一樣的話。雖然我當時冷淡地用「不可能！」否決了她，好不容易才讓她接受，但這次的情況是聽了「我要說！對谷原京子說！」那首改編版的〈溫柔待人〉之後。

那天店長高聲唱的「加油！」至今依然烙印在我耳畔，沒有消失。另外還有件事令我記憶鮮明，那就是其他一起看電視的員工帶著驚訝的表情慢慢跟我拉開距離的事。

磯田的話有充分到不能再充分的力量令我陷入沮喪，我嘆了一口氣。然而，磯田緊追不放，講了更沉重的內容。

「而且，感覺妳好像也用很著迷的眼神在看店長。」

「啊？」

「我不是請妳不要生氣嗎？」

「我沒生氣！妳說我怎樣？」

「我說，妳好像有點怪怪的，我發現妳在看店長，而且不是以前那種憤怒的感覺，該怎麼說呢……妳看店長的眼神，果然只能用『著迷』來形容。」

這個人從以前就這樣。明明平常像是個把「好強」穿在身上的女孩，但偶爾只要我強勢些，她便會嬌聲嬌氣地裝可愛。

「我真的會揍妳喔。」

「可是嘛……」

「不，什麼『可是嘛』——！」

就在我又要凶起來時，感受到了背後的視線。我忘了磯田的存在，彷彿受到吸引似地回過頭。

他在看。我們山本猛店長手邊正忙碌地工作，而那如蠟像般讀不出情感的眼瞳正望向我這裡。

「等一下，是怎樣？很可怕耶……」磯田像是哪來的辣妹一樣，拉高聲量。

我什麼感覺都沒有，不知道自己該感覺什麼。就這樣，除了回望店長，什麼都做不到。

這一天，店長很明顯一有空檔就想找我說話。我還無法整理自己的心情，雖然不是不想和他說話，卻太過意識這件事，一直避開店長找我說話的機會。

就這樣，當書店準備打烊時，有位訪客來到我的身邊。「谷——原——

小——姐——」以清澈嗓音呼喚我的，是武藏野書店之前的工讀生，木梨祐子。

她現在在出版界最大間的往來館擔任業務，聽說，最近終於獲得指派，可以單獨巡店了。不過，木梨身邊卻站著公司前輩。

「啊啊，山中先生，好久不見。你難得過來，怎麼了？」

我聲音雀躍。雖然山中先生曾是「討厭鬼往來館」的代表人物，但自從聽木梨說過他對出版的熱情，尤其是在公司振聲疾呼要改善書店待遇的事情後，我便單方面對他抱著同志般的情誼。

「唉呀，因為有一陣子沒有來武藏野書店了，我怕又要被妳罵就過來了。」

「我才沒有罵你喔。對了，最近往來館的狀態非常好呢。《我們的史記》和《稻上的神都手舞足蹈》真的都賣得很好。」

「謝謝。託福託福，這兩本也都決定要再刷了。」

「喔喔，好厲害。也請再好好鋪書給我們家喔。」

我欣然說道。下一瞬間，一陣神奇的沉默籠罩下來。山中先生和木梨不知為何交換了一下視線，不知是誰先開始的，雙雙嘆了一口氣。

兩人像在互相推託什麼難以啟齒的事。一股非比尋常的緊張感突然降臨，我屏住氣息。

最後，前輩山中先生抬起頭，像是接下了一件苦差事一樣。

「其實，我們家今年冬天預計出一本關鍵代表作。」

「咦？啊啊，木梨之前好像也說過這件事吧。」

「我會看時間再拿樣書過來，可以請妳看過後告訴我們感想嗎？」

我反覆消化這些話的意思，就算在腦中沉吟了幾次，也不明白兩人臉上的緊張是什麼意思。

「嗯，好……我很樂意看，請問是哪一位作家的書呢？」

「是大西賢也老師。」

「咦？啊啊，我也有從其他人身上稍微聽說這件事。好像又是以書店為背景對吧？」

「我們是這麼聽說的。」

「不過，我聽說不是《早乙女今宵——》的系列作。」

「好像是這樣。不過，據說是大西老師嘔心瀝血寫出來的作品，本人還說為了行銷這本書，願意做任何事。」

「願意做任何事？是什麼事呢？」

「不清楚。照責任編輯的說法，我們猜測會不會是指露臉接受訪問之類的。」

太驚人了。以從不公開露面聞名的大西賢也，至今為止應該從不曾在檯面上出現過。

眾人所知的，只有他是「男性」這一點，其餘無論是年齡、長相，說極端點甚至他是否真實存在都不曉得。

「這有點不得了呢。真的是那麼好的書嗎？」

「不，我們也還沒能看到原稿。不過，責任編輯是我的同期，他非常興奮，向全公司宣告說這是部關鍵代表作。」山中先生說完，木梨接著說：

「順帶一提，那位編輯姓石川，一直負責文藝書，和山中是我們公司出了名的冷淡雙巨頭。因為他非常積極地推薦，所以我們也很期待。」

「石川那樣拜託我去推銷的情況並不多見。認識十幾年下來也只有三本書，《sold out》、《永遠的風中》和《只要你穿著運動服》這三本。」

我瞪大眼睛。山中先生毫不猶豫舉出來的這三本書，不是一句「往來館的暢銷書」就能道盡的。儘管分屬不同種類，但這三本書都是銷售成績可以代表這十幾年日本藝文產業的輝煌作品。

我知道這三本書也有收進往來館文庫系列。儘管出版時間不同，至今仍是夏季書展爭奪銷售量前幾名的作品。

這些書全都是由同一位編輯孕育出來的事實令我驚訝不已。而那位名叫石川的編輯認為是「關鍵代表作」的下一本書，就是大西賢也的新書。

掌心不知不覺被汗水浸透。

「也就是說，你們現在正在推廣大西老師的那本新書吧？希望盡可能讓多一點的書店店員看。」

我和往來館的這兩人之間，再次籠罩意義不明的寂靜。這次的沉默比剛才更加深沉。

「不，不是那樣的。」山中先生再次成為發話代表，聳了聳肩膀道。

「這是大西老師指定的。」

「指定？什麼意思？指定武藏野書店嗎？」

「不，據說是清清楚楚指定了武藏野書店吉祥寺總店的谷原京子小姐。」

「啊？什麼？」我是真的聽不懂，發出了奇怪的叫聲。

山中先生為難地摸了摸鼻子。

「谷原小姐，你們果然不認識對吧？」

「大西老師嗎？不認識啊。不可能認識吧？話說回來，我甚至不是那麼熱情的讀者，他出了這麼多書，除了《早乙女今宵——》，我看過的只有《拂過幌馬車的風》和早期的幾本書而已。說什麼認識——」

山中先生和木梨無力地看著對方。山中先生雙手一攤，表示束手無策後，木梨接著點點頭道：

「我們也覺得很不可思議。在這之前，大西賢也老師對書店店員看樣書這種事從來沒有指定過誰，這樣透過石川拜託我們還是第一次。這本書對他而言或許真的是關鍵代表作，本來到這邊為止也沒什麼特別神奇的，問題在於他交給我們的七名書店店員名單。」

「問題？什麼問題？」

「很久以前……在大西老師以《拂過幌馬車的風》出道前，有幾名書店店員在看了他的原稿後大力支持他。聽說，大西老師有與他們見過面。」

「原來如此，大西老師有在人前曝光過啊。」

「嗯，那時候不像現在一樣有網路，也不會傳一些奇怪的謠言吧。他們都是些打從心底支持老師的人，保守祕密應該也不是什麼難事。」

「原來如此。像光明會一樣，好酷。」

「聽說，這次大西老師列出的七人名單中，有六人是當時的書店店員。」

「嗯——這樣……」我才呆呆開口，腦袋頓時有種天翻地覆的感覺。

「咦，不，等一下。意思是，只有我是當時沒看過大西老師又被指名的人嗎？」

木梨露出更加困惑的神情。山中先生再度開口幫忙：

「不只是這樣，妳還是唯一一個現在還在書店第一線的人。」

「啊、啊？為什麼？什麼意思？應該說，那位石川編輯怎麼說呢？」

「他基本上是個怪人，對這件事好像不怎麼有興趣。我也問了他一樣的問題，他說：『大概是老師看了什麼推薦文覺得不錯吧。』」

我想像了這個可能性，不到一瞬便甩甩頭，絕不可能有這種事。比我出色的書店店員比比皆是，也有許多文筆比我更犀利、直接影響銷售量的人。是有多悲哀到需要一個在這種小書店工作、微不足道的約聘員工的推薦文呢？

「不可能。」

「我也這麼覺得。」儘管山中先生擺出贊同的姿態，說了極為失禮的話，我卻不以為意。

「順便問一下，其他六個人是誰呢？」

「六位裡面，有四位還在書店界。」木梨打開筆記本，理所當然地舉出現在擔任大型書店老闆或是專務董事的人名。我越來越暈頭轉向了。

「其他兩位呢？」

儘管已經處於瀕死狀態，我仍擠出沙啞的聲音問。木梨看向筆記本，嘆了至今為止最大的一口氣。

「真的很遺憾，其餘兩位已經離開業界，連人在哪裡都不知道。雖然石川說即便他們已經離開出版界，也希望我們能想辦法找出來，但真的很難。其中一位是在大阪天鳳寺書房的笹原小姐，似乎已經結婚出國了。至於另外一位則是那間書店根本已經不在了——」

木梨頹喪地低語，當她說出最後一個人的名字時，過大的衝擊令我失去說話的能力。

「以前在神保町有間叫『莫尼加書店』的小店。石川希望我們找一位當時在店裡擔任店員的藤井美也子小姐。這位似乎是大西老師最想見的人。」

感覺就像輕懸疑小說一樣，所有點都連成了一條線。如果是這樣的話，儘管還有個大疑問尚未解開——「藤井美也子是如何將谷原京子的存在傳達給大西賢也的？」但大西賢也和谷原京子的連結點就只有藤井美也子了。

昨晚，我向從洗手間回來的「神明D」問道，她是不是曾在神保町的一間小書店工作過？是不是負責那裡的繪本？問她還記不記得曾經跟一個幼稚園左右的小女孩推薦繪本……

madam 的樣子並不驚訝。「果然是這樣……」她了然地喃喃低語開口說：「老實說，之前和妳聊天我也沒發現，但來到這間店以後我嚇了一跳，我對妳爸爸的臉很有印象。」

madam 盯著正在和上班族常客說著垃圾話的老爹，悄悄在我耳邊說：

「因為已經超過時效我就說囉。那時候，妳爸爸曾經很認真地追求我呢，他牽著妳的手問我下次要不要一起吃飯。那是我人生第一次被帶小孩的人搭訕，所以印象非常深刻。」

那時候媽媽明明還在，真是的，這個色老爹！——神奇的是，我竟然沒有產生這種心情。

露出惡作劇般微笑的「神明D」、「madam」、藤井美也子小姐實在風情萬種，即使現在不是這個時候，我仍舊看著她的側臉看得入迷。

我在便利商店買了晚餐，回到四面牆有三面被書覆蓋的兩坪多公寓，胸口的煩悶依舊沒有消散。

雖然覺得昨天才見面，今天要再碰面大概不容易，但我無論如何都想向本人確認她是怎麼再次和大西賢也聯繫上並介紹我的。

我死馬當活馬醫，試著傳了封訊息給madam，想不到她回覆得意外的快。

『太好了，其實我也還有沒說完的話。我應該會有點晚，我們再約在美晴好嗎？昨天沒有吃到妳推薦的炸肉丸。』

大約是晚上十點後吧。收到這樣的聯絡後，我暫時在家裡打開了書本，卻怎麼也看不進去。

我從書堆裡抽出一本買回來堆著還沒看的大西賢也，雖然有點早，在八點多的時間點離開了公寓。

我心想著反正店裡應該也沒人便沒和老爹聯絡，結果卻事與願違。熱門時段的店裡只有一名客人，儘管這點如我所料，但那個人卻完全出乎我的想像。

店長一個人坐著，表情沉重，吧檯上照例只擺了酒瓶、酒杯和魟魚鰭乾。

「啊啊，谷原京子，妳來了啊？」

像是料到我會來一樣，店長微微點了個頭。一如往常，有什麼東西拍打著內心深處。這麼說來，直到此刻我才想起，我今天一整天都在躲這個人。

「今天辛苦了。」我沒有感情地說，思考要坐哪裡。其實我是想跟店長分開坐的，但在這麼空蕩蕩的店裡不可能不坐在他身邊。我強行壓下嘆息，坐到店長旁的位子。我沒有看漏老爹鬆了一口氣，綻放笑容的表情，他剛才一個人大概很憋屈吧。

明明在書店時一副那麼想說話的樣子，現在卻不知道店長想做什麼，嘴巴抿成了一條線。店長擺出冷冷的姿勢，像是在小餐廳就非得這樣做似的。

令人火大的是，就連那種愚蠢的樣子也讓我心跳加速。果然，都是madam說了那些蠢話害的。我無法原諒自己像個陷入初戀的國中生，和老爹拿了個酒杯，擅自注入店長依舊完全沒有減少的酒，仰頭一口飲盡。

在一只酒瓶剛好喝完時，店長終於開口，打破了彷彿持續了幾個小時、幾十個小時的漫長沉默。

「谷原京子，有件事我必須跟妳說，我一直想告訴妳。在這種地方說或許很失禮，不過，總比在店裡說好吧。」

我內心發出尖叫。我不知道聽完店長接下來一定要說的那些話後，自己該有什麼反應。

大概是感受到店長非比尋常的氣氛吧，老爹也訝異地張大了眼睛。店長看不出有在意老爹的樣子。也是，如果他有一丁點在意的話，應該就說不出「在這種地方很失禮」這種失禮到家的話了。

店長將斟得滿滿的酒杯放到吧檯上。老爹無言地離開了。我也想一起逃走，卻隱約也有種「不管了！」豁出去的心態。

店長抬頭望著我，嘴角浮現一如往常的溫和笑容。

「我最近似乎會有工作上的異動。」

「咦……？」發出疑惑的同時，一股來源不明的煩悶從心頭擴散開來。沒多久，我便發現那是「失望」。店長不明白我的心情，繼續瀟灑地說：

「前幾天，敝公司董事長跟我說了疑似那樣的話。」

「這樣啊。」

「最近託大家的福，店裡的狀況很好。我是有想過不久後或許也會面臨調動。」

「你接下來要去哪裡？」

「大概是總公司的採購或是董事長祕書室吧。」

我很意外。因為有傳聞，擔任那個傳說中金嗓大賽幹事的董事長對店長莽撞的行為十分震怒。

在我看來，董事長和店長之間的師徒情分大概很穩固吧。

「這樣啊，是高升呢，恭喜。」

我拚命壓抑彷彿就要控制我的寂寞。店長搖搖頭。

「沒什麼好恭喜的。妳應該知道，我想一直待在第一線，對升官發財沒有興趣。就算不是總店也無妨，我也不要店長這個頭銜，即使變回一般員工，我也想待在書店裡。」

店長的嘆息聽起來有點雀躍。不等什麼話都答不出來的我，店長果然興高采烈地繼續說道：

「當然，說了這些我也只是個小小的上班族，公司下令，就只能乖乖遵守。不過，我不打算默默接受調動，我想向公司拋出一個條件。」

「條件？什麼條件？」我不感興趣地問。店長驕傲地挺起瘦巴巴的胸膛，一副「給我聽好囉」的樣子。

「谷原京子，就是要讓妳成為武藏野書店的正職員工。這個業界需要妳，我要讓公司好好審視這樣的妳。要我離開最心愛的第一線，這就是唯一的一個條件。」

儘管如此，我的心依舊沒有被打動。不是因為我不相信店長的決心，而是這不是我現在想聽的話。

我長嘆一口氣，店裡瀰漫一片寂靜。持續了幾分鐘的沉默，老爹像是等很久似地從後面的房間回到店裡。沒多久，美晴掀起的門簾後出現一張好久不見的臉孔。

最先發現的人是老爹。

「啊啊，歡迎光臨，好久不見了呢。」

我循著老爹親切的聲音看向門口。站在入口的，是美晴的常客石野惠奈子小姐。我也好久沒見到她了，一時間卻說不出話來，因為數月不見的石野小姐看起來異常憔悴，殺氣騰騰。

石野小姐實際上的樣子也很奇怪，一頭亂髮，妝容只擦了口紅，T恤和寬褲的打扮也跟平常不一樣，十分簡單，還穿著髒得有些驚人的帆布鞋。

最嚴重的是，她雙目充滿血絲，瞳孔圓睜，彷彿剛從豁出性命的戰場上歸來。我無法判斷應該對那樣的表情作何感想。

石野小姐回過神，眨了眨眼，視線依序移向店長和我，然後像是終於放心似地晃了晃身體。

「啊啊，大家都在，好久不見。」

嘴上雖然這麼說，石野小姐卻隔著位子獨自坐下，呈現坐在入口附近的店長和我，以及之間隔了三個座位的石野小姐這樣的型態。店裡籠罩著一股與方才不同性質的緊張感。

店長一直盯著手中的酒杯，石野小姐則是點了一杯啤酒後，沒有要和大家乾杯的意思便一飲而盡。

吧檯兩側非比尋常的氣氛令人窒息，我和老爹不知道互相交換了幾次眼神。

然而，店長卻泰然自若，沒有要感受現場詭異氣氛的意思。

「谷原京子，讓妳成為正職是我的職責之一。」

店長重複著跟剛才一樣的話，我好久沒對他這麼不耐煩了。

「啊啊，這樣啊，真是謝謝了。」

「因為妳是這個業界的寶物。」

「這樣啊。」

「當然，我不打算就這樣安安靜靜地離開第一線。」

「那個，不好意思，所以——」

「我要發出燦爛的煙火後再離開。」

店長的眼睛散發著少年的光輝，我坐在他身旁仰望著天花板。這個人為什麼可以理所當然地繼續說下去呢？他之前明明也在這裡見過石野小姐，怎麼可以連招呼都不打呢？

石野小姐也是。之前聽我說「鄧麗君」事件時，明明「乓乓乓」地拍打吧檯，大喊著「被店長圈粉了」，現在難得見面，卻看也不看人家一眼不是嗎？

我一個人操碎了心突然顯得很傻。託此之福，對店長的淡淡情愫也漸漸消失。沒錯，嗯，這樣就好。谷原京子，這樣就好。只要將來我對曾經瞬間要為店長傾心的自己感到可恥就好。

「燦爛的煙火是指什麼？」

老爹幫我續了一杯酒，我一口飲下。啊啊，好無聊。啊啊，蠢死了……我在心中不斷碎念。

店長終於將酒杯拿到脣邊。不過，他只是舔了一口，斟得滿滿的日本酒泛起微微的漣漪。

然而，店長卻「呼——」地吐了一大口氣，拉開比先前更大的嗓門說：

「簽名會啊。要不要再策劃一次看看？」

「簽名會？」

「對。在武藏野書店舉辦大西賢也的簽名會。以前我不是申請過被拒絕了嗎？這次一定要努力實現。」

「你真了不起呢，精準掌握了新書情報。」我真心佩服道。店長訝異地皺眉。

「大西賢也要出新書了嗎？」

「你不知道嗎？」

「不知道啊，我沒聽說，什麼時候？」

「不知道，傳聞是今年內。」

「這樣啊，趕得上嗎？」

「趕得上什麼？『本屋大賞』的期限嗎？」

「啊？那是什麼？當然是指趕在我職務調動前啊。」

店長一副我在說什麼蠢話的表情，從西裝內口袋拿出筆記本，在上面記下「大西賢也 簽名會」。

我的不耐終於轉化為憤怒。我拚命壓抑聲音的顫抖，我要問他！這傢伙該不會說他還不知道吧？我在心中吶喊。

「店長，可以請教一個問題嗎？」

「我們是什麼關係？想問幾個問題都可以。」

「不，一個就夠了。我是帶著覺悟問的，店長，你知道大西賢也不出現在大家面前的事嗎？」

「咦？什麼？什麼意思？」

「他是不公開露面的作家啊。嚴格來說，雖然他出道前似乎曾在幾名書店店員前露臉過，但僅有那次而已。之後，聽說連文學大獎的頒獎典禮都沒有出席，所有訪問也都只接受書面採訪。」

「這樣啊。啊，原來如此。所以《早乙女今宵——》的主角榎本小夜子才……」店長像在說電視劇臺詞一樣自言自語，開心地瞇起眼睛。

「不過，這不是什麼大問題吧？」

「不是什麼大問題？為什麼？」

「為什麼？因為妳——」

店長正打算說什麼時，店門喀啦喀啦地被拉開。在那一刻之前，我忘得一乾二淨。對了，我今天來這裡是為了跟 madam 見面。

昨天遭 madam 那樣大肆揶揄，今天又讓她看到我和店長在一起的場面實在很慘。原以為 madam 會理所當然地立刻調侃我，但她不知為何卻呆站在門口，眼睛睜得大大的……才這麼一想，她又突然流下眼淚！

我不知道笑著開門的 madam 看到了什麼而流淚。老爹、石野小姐，甚至連店長都一臉驚訝，我的表情一定也跟他們差不多吧。最後，madam 蹲下來，掩面哭泣。

那是太過莫名其妙的淚水。以去世母親之名為名、我心愛的「美晴」裡，傳來 madam 源源不絕的啜泣聲。

最終話　結果是，我少根筋

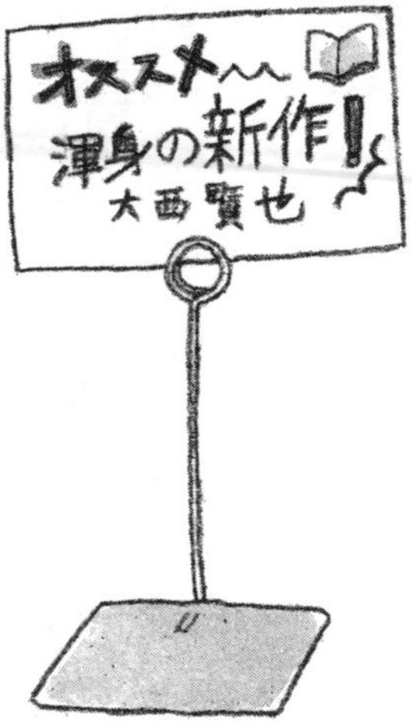

「美晴」的仲夏夜之夢——那個最後交錯了諸多奇蹟的夜晚，已經是很久以前的事了。

那天，武藏野書店吉祥寺總店的顧客madam，在掀開我老家「美晴」門簾的瞬間，落下了豆大的淚珠。

在吧檯後拿著菜刀的老爹一臉無措，店裡的常客石野惠奈子小姐輕輕搖搖頭，一旁的店長則是驚訝地嘟起了嘴巴。

結果，那晚madam一語不發地離開了店裡。店長也站起身說：「看來，今天就先這樣，回去整理一下比較好呢。」連石野小姐都像是追隨兩人腳步似的，悄悄離開了店裡。

在只剩下兩人的「美晴」裡，老爹一直盯著我看。「幹麼……？剛剛那是怎麼回事？」聽見我的問題，老爹回過神，眨了眨眼睛，故弄玄虛道：「大家都是成年人，大概有很多苦衷吧。」

那真的是個莫名其妙的夜晚。madam隔天傳給我「昨天我身體不舒服，不好意思。」的訊息後就沒了聯絡，石野小姐自那天起再也不見人影，老爹感覺也很沒精神，唯有店長一個人沒有任何變化。

書店的日常生活依然如昔，平淡地度過一天又一天。這天的朝會也是不停持續著冗長的內容。

「我最討厭放棄。例如『反正我只是區區一名書店店員……』或是例如『我只是區區一名約聘……』大家是不是會那樣擅自放棄呢？我不能允許這種事。舉例來說，例如我們想要計畫某個小說家的簽名會，例如那個小說家是從不公開露面的作家，各位會放棄簽名會這件事嗎？明明作家或許會想在我們店裡開簽名會卻完全不去思考這個可能，單方面地放棄嗎？這樣到底能創造出什麼呢？」

太多例如了啦，吵死了……我微微吐了一口氣。假設那名從未公開露面的作家是大西賢也，一個只要出書就會賣的文壇頂尖小說家，他是有多悲哀會想在這種小書店開簽名會呢？連明白事情來龍去脈的我都覺得這些話有一半意義不明，從其他員工的角度來看，一定從頭到尾都覺得莫名其妙吧。

依照慣例，店裡籠罩著一層層「快點結束」、「快點結束」、「快點結束」的怨氣……當然，店長並不是個能敏感察覺這點的人。

輕浮更甚以往的嘴巴滔滔不絕，說個沒完，而且不知怎麼的今天早上就是在針對我。不僅是談話內容，連視線也莫名地不肯從我身上移開。那如機器般幾乎沒有眨眼的乾澀眼瞳，甚至讓我覺得毛骨悚然。

然而過了一會兒，店裡卻掀起了「喂，谷原京子！妳也有點分寸好不好！」的憤慨，一點道理都沒有。我好恨過於敏感察覺這一切的自己。

店長並沒有收到我的這種心情。

「谷原京子，妳有在聽嗎？」令人怨恨的聲音從遠方某處傳來。「谷原。」一旁的磯田手肘撞了我一下，我回過神。磯田接著悄聲說的那些話真是糟透了。

「拜託，情侶要吵架就在家裡吵啦，為什麼硬要在這麼忙的時候講這些？有點分寸好嗎？真的是造成別人的困擾。」

全身上下的血液「乒、啷」地搖晃著，我知道血液不會搖晃，也沒有「乒、啷」這種說法，但我體內發生了某種現象讓我只能這樣形容。

「谷原京子？」店長沒有半點愧疚地喊了我的名字。

「啊？什麼？」

「什麼什麼……我在問妳有沒有聽我說話，大家因為妳的關係很困擾喔。妳如果沒有責任感的話就傷腦筋了。」

腦中響起「啪」的聲音，我的記憶只到這裡為止。再次回復意識時，我被好幾名員工從身後勾住手臂，家教良好的小野寺嚎啕大哭，最近才剛進來的工讀生弟弟則是不停喊著：「谷原，我們知道了，我們懂妳的心情。」

磯田後來告訴我：

「感覺妳眼睛瞪得好大，不只是大，幾乎是翻白眼了。才想說妳要衝向店長，妳就豎起兩根手指一副真的要戳他眼睛的樣子。仔細一看，妳臉上還半帶著微笑，一直喃喃自語：『我真的要離職，我真的要離職。』真的很可怕……所以，那個，谷原……很抱歉我們懷疑妳，我們已經很明白妳和店長之間什麼都沒有。」

之前果然有懷疑我嗎？「我們」是指誰？各式各樣的憤怒在心裡流竄，但自己大翻白眼反覆「我真的要辭職」，還想戳店長雙目的畫面實在太毛骨悚然，令我什麼話都說不出口。

那天，武藏野吉祥寺總店沒有一個人跟我說話。除了一個人以外。

那個人當然是店長。真令人驚訝——我甚至沒有這種想法。午餐時間，店長像是幾個小時前差點遭人戳眼睛這件事不曾發生過一樣，若無其事地說：

「谷原京子，我完全忘了，今天往來館的兩個業務會來找妳。抱歉，我原本也打算在一旁的，但敝公司董事長大概是為了那件事要我過去一趟。」

「那件事？」

「當然是我的人事問題啦。所以很抱歉，要請妳負責跟他們應對了。」

在磯田示意下，我本來想為早上的事道歉的，但店長特地悄聲告訴我完全沒興趣的事的樣子，實在讓我打從心底不耐，失去了道歉的心情。

「務必拜託了。今天對我們而言是攸關成敗的日子，是吧？」

幾個小時後，往來館的業務二人組看準我下班時間似地來到了店裡。兩人的表情都十分緊繃。

當我打算像平常一樣在櫃檯旁招呼他們時，木梨不好意思地開口道：

「谷原小姐，真的很抱歉，妳今天等一下有時間嗎？」

「時間？怎麼了？」

「可以的話，我們希望能在書店之外的地方談。」

我轉過頭，木梨的前輩同事山中先生也一臉嚴肅低著頭。印象中，他們沒有拜託過這種事。

「我知道了。那可以請你們先過去嗎？我等一下再去。」我告訴兩人要前往的咖啡店地點後，懷抱不安，總算是完成了剩下的工作。

三十分鐘後，我出發前往看書時會去的「伊莎貝爾」。本來想在見兩人前重新補個妝，卻發現化妝包忘在了辦公室。

對於要不要回去拿我只猶豫了一瞬，旋即便抱著「算了」的心情走入店內。兩人順利地占住了最能專心看書的靠牆座位。

先看到我的木梨起身後，山中先生也跟著站了起來。兩人向我深深一鞠躬。無論如何這實在太見外了，令我愈發緊張起來。

「你們饒了我吧，從剛剛就怪怪的喔。」

我刻意用輕鬆的口吻笑道，兩人的表情卻依舊僵硬。

「谷原小姐，謝謝妳今天特地撥時間給我們。」木梨的聲音怯生生地打顫，一旁看著的山中先生也無力地吁了一口氣。

「沒辦法在書店裡談，是因為今天我們要拿之前說的那本樣書給妳。」

山中先生堅定的話語稍稍舒緩了我緊繃的心情。來這裡前我有過各式各樣的想像，懷疑自己是不是犯了嚴重的失誤，不然就是他們要丟給我什麼大難題，因此，對「樣書」這個意料之外的字眼有種撲空的感覺。

不過，若是這樣的話，便又產生新的疑問了——兩人僵硬的表情。雖說之前他們提到「近期會拿樣書過來」時也帶著緊張的色彩，卻遠遠比不上今天的氣氛。

「很抱歉，畢竟是這樣的東西，不能在書店裡給妳。請收下。」

山中先生慎重地將寫著「往來館」名字的信封袋放在桌上，彷彿裡面裝了什麼不好的東西一樣。

我理所當然地提出疑問：

「你們為什麼要這麼鄭重呢？」

「沒有啊。」

「這是之前說的，大西賢也老師的新書吧？」

「是的。」

「你們都已經看過了嗎？」

「是的，已經看過了。」木梨插話道。他們上次說還沒看，這就是兩人現在緊張的原因嗎？

正當我打算拿出信封袋裡的東西時，山中先生沒多想地抓住了我的手臂。

「啊，抱歉，有弄痛妳嗎？」山中先生自己都很訝異似地開口，但不知為何卻沒有鬆開手的打算。

山中先生也不等我的回答，緊接著說：

「我想，妳看了之後衝擊大概會不小。不，老實說，我們並不知道妳會不會受到衝擊。不過，無論是正面還是負面的心情，能不能都請妳去體會、感受，寫成感想呢？責任編輯石川說，若妳同意的話，希望可以將感想直接用在書腰上。」

「書腰？」

「對。」

「不，為什麼我……」

「妳看過後就明白了。」

「可是——」

「請妳先看吧。我們也很想知道『谷口』小姐的感想。」木梨幫腔道。

是因為太激動了嗎？木梨簡直跟店長一樣，叫錯了我的名字。我不打算特地指出來，而且我還是完全摸不清為什麼他們會有這種態度，但我已經放棄思考了。

這陣子以來所有疑問的解答都在這只信封袋裡。裡面應該有某種東西能趕走我所有的鬱悶。這份篤定貫穿了我的胸口。

「我知道了，要在幾號前看完呢？」

山中先生終於鬆開手。

「越早越好。我們是真心以『本屋大賞』為目標的。雖然很趕，但預計在十月下旬上市。」

「這樣的話，在這個月底前告訴你們感想比較好吧？」

「很抱歉，這麼忙還麻煩妳。」

「我知道了。總之，先讓我拜讀吧。不過，我還無法保證會寫感想。因為即使是我這種等級的書店店員，也不想在感想上造假。」

木梨理所當然地點頭。

「好的。我還是書店店員的時候，一直很相信谷原小姐這一點。不過，身為出版社業務的我，非常希望能得到妳的推薦。」

看著木梨恭恭敬敬鞠躬後，我再次將目光移向桌上的信封袋。

山中先生起身開口道：

「那麼，我們就先告辭了。谷原小姐妳呢？」

「我待會兒有事，中間還有點時間，想稍微再坐一下。」

「好，那麼，我連續杯的錢一起先結吧。哈密瓜蘇打可以嗎？」

「啊，這樣的話，請幫我點杯黑豆可可。」話出口的同時，我已經決定等一下至少要看到序篇結束了。

木梨期盼地盯著我。她那像是查「殺氣騰騰」就會在字典中出現的表情，反而順利消除了我的緊張。

「我等一下要和小柳吃飯。」

「咦？」

「之前在我們店裡工作的小柳真理。妳們時間有稍微重疊到吧？」

「啊，有，當然。這樣啊。我也好久沒看到她了，請務必幫我問候一聲。」

兩人恭敬行禮直到最後一刻離開後，山中先生幫我點的黑豆可可像是接班一樣地送了上來。

可可上盛著滿滿不會過甜的鮮奶油，我啜了一口，下定決心，拿起信封。

所有的祕密都在這裡——

看來，我最近似乎有意識會消失的傾向。不，我有許多對故事內容的記憶和疑問。不過，當意識連結到自己現實身處的「伊莎貝爾」時，本來眾多的客人都不在了，店裡的喧鬧與音樂也消失了。咖啡店悄然無聲，我大口大口喝下完全沒有減少的黑豆可可。

可可如我所料已經冷卻，濃稠的甜飲漸漸擴散到四肢百骸身上。認得我的老闆看向這裡，朝茫然的我微微一笑，右手大拇指做了個擦淚的動作。

看見老闆的動作，我才發現自己哭了。這絕不是一個賺人熱淚的故事。硬要說的話，大西賢也的新書走喜劇路線，我還有自己笑出聲的印象。不過……

「那本書那麼好看嗎？」老闆拿了杯冰水給我。我急忙道謝，一口氣飲盡，低頭向老闆致歉。

「那個，對不起，已經過打烊時間了吧？」

「嗯，已經結束一個半鐘頭了。」

「過這麼久了？您怎麼沒有叫我呢？」

「因為妳看得非常認真嘛。才看妳一臉嚴肅，結果突然就大笑出聲，接著又哭了出來。其他顧客好像也都有點害怕的樣子……」

「呃……真的很抱歉，對不起。請問，現在幾點了？」

「已經九點半了。」

「這樣啊，這麼晚……」我回答到一半，終於想起我和小柳今晚約八點碰面。

果然，手機裡有無數通小柳打來的未接來電。我以為電話一定調靜音了，老闆卻悠悠哉哉地告訴我：「妳手機也一直響喔。」

我不停向老闆道歉，急急忙忙收拾桌子。當我將桌上最後的樣書稿放回寫著往來館名字的信封袋，準備收進包包裡時，老闆出聲喚住我：

「那是什麼書啊？那麼好看嗎？還沒出版嗎？什麼時候要出？看妳那樣又哭又笑的我也想看一看，可以告訴我書名就好嗎？」

我凝視著信封袋，沉默不語，瞬間無法判斷是否可以對外公開。

話說回來，現在的我無法評論這本書好不好看。儘管無法評論，卻希望可以讓更多的人看見這本書。因為，這是我自己的故事。雖然絕不是閃閃發亮，卻努力想獲得幸福，每天拚命掙扎的我們的故事——

當我這樣想時，終於理解了。原來如此。雖然這是再理所當然不過的事，但我之所以能這樣忍耐不可理喻的每一天，就是因為想要獲得幸福。被喜歡的書包圍，從喜歡的作家手中收到喜歡的故事，再珍重地送到親愛的顧客手中。

儘管這項單純的作業總是不太順利，充滿了不耐煩，但從開始這份工作以來，這個本質都不曾改變。

可以的話，若能再獲得一些報酬就謝天謝地了。這本書針對這點也有明確的建議。應該說，書裡花了很多篇幅在說這件事，這一定就是我落淚的原因。原來，有人能夠理解自己是令人這麼放心的一件事。

我想每天開開心心、開懷大笑，只是想幸福地生活。即使現在每天灰頭土臉，也期盼有天能閃閃發亮！在這個大前提下，能不能公開出書情報根本是微不足道的問題。

我緩緩抬頭，斬斷迷惘高聲說：

「《雖然店長少根筋》——」

咖啡店裡的寂靜更深了。

「啊、啊？店長？什麼？妳說我嗎？」老闆發出怪聲問道。我將信封袋收進包包，站起身，滿面笑容地說：

「這本書以吉祥寺的一間小書店為舞臺，主角叫『谷口香子』，是個不起眼到極點的女生，故事也通俗得嚇人，不過卻毫無疑問是大西賢也的全新境界。十月下旬往來館發售。購買時，請務必要來武藏野書店，到時候應該會附贈某些特典！」

這是當然的，因為我提供了這麼多題材。向老闆道謝後，我快步離開「伊莎貝爾」。

打了好幾通電話小柳都沒接。沒辦法，我只好傳了「我馬上過去，請在那裡等我！如果已經回家的話快回來！」這種厚臉皮的訊息過去，急忙趕往約好見面的餐廳。

幸運的是，小柳正一個人看書喝酒，儘管一張臉臭得不忍卒睹，但今天留在這裡是有意義的。

「小柳！」

我以要抱上去的氣勢在小柳身邊坐下。匆匆道歉後，連珠砲似說的，當然就是大西賢也的新書《雖然店長少根筋》。

我從第一行就受到了衝擊。

『當我發現店長一如往常的長篇大論使我比平常更加不耐煩時，想起我的生理期就快到了。』

這不是比喻，是真正我的故事，這麼一想後我便無法自拔了。全書五章所描寫的，是身負才華、日益高傲，又漸漸取回謙卑的年輕小說家苦惱；獨裁、受人畏懼，卻讓人憎恨不起來的書店經營者哀愁；開始在首屈一指的出版社擔任業務的新進職員奮鬥；儘管脾氣非比尋常，卻無法和書店這個地方切割的客人可愛之處；以及「店長」與「我」貫穿整個故事的讚歌……

我在和小柳說明的途中，夾雜了無數次的「好厲害」、「好厲害」、「好厲害」……小柳最後很不舒服似地盯著我。

說完所有內容後，小柳提出了再正常不過的疑問，令我清醒過來。

「不是，等一下啦。所以，大西賢也是誰？是妳認識的人？」

我們的視線短暫交集了一下。我知道，自己在前一刻還勾起的笑容正漸漸消失。

的確如此。為什麼我之前沒想到這個問題呢？「谷口香子」毫無疑問就是谷原京子。這是以我為原型的小說，不僅是實際發生過的事件，還精準捕捉了我日常的焦躁和內心想法，令人產生一種這是不是我自己寫的錯覺。

可是，我沒有接受這種訪問。這麼一來，就是某個人？一定是我身邊的人。我幾乎沒有朋友，要說能坦白店裡事的人，一隻手指頭都數得出來。

「等等，妳不知道大西賢也是誰嗎？我記得那個人是從不公開露面的作家對吧？」

講極端些，就算現在說這些話的小柳是大西賢也也不奇怪。

「最近是連續發生了一些奇怪的事。」

躊躇再三後，我費力地說道。

「奇怪的事？」

「首先，是這本書的樣書。大西賢也似乎指名說希望給七名書店店員看，但除了我之外的六個人都是某某老闆、董事或是非常資深的人。」

小柳敏感地蹙起雙眉。

「但這也是當然的吧？雖然不認識其他六個人，但只聽內容的話，這完全是以妳為靈感的作品啊，沒有道理不給妳看吧？」

「順帶一提，除了我以外的那六個人，其中一人是武藏野書店的常客。」

「妳說什麼？什麼意思？」

「我應該沒跟妳說過，是一位叫藤井美也子的女性，現在好像是某證券公司的派遣職員，以前在神保町的書店當店員。據說，她那時有見過出道前的大西賢也。」

「也就是說，連結大西賢也和谷原京子的人，就是那位藤井小姐囉？」

「可是，madam……啊，madam 是我偷偷幫藤井小姐取的綽號。可是 madam 沒有介紹我認識誰。」

「那就是妳跟那位 madam 在一起時見過的人，而且是男生。妳有想到誰嗎？」

前一刻還露出訝異的小柳表情一變，換上了好奇心。我也思考過同樣的問題，和 madam 在一起時見過的男性。腦海中一閃而過的只有兩個人，可是，那種事……

「一個是我老爹。」

大概是因為跟預期的答案不一樣吧，小柳眼中的失望散了開來。當然，連我自己都知道不可能。老爹是個開店做生意、嘴上卻總是掛著「麻煩死了！」連賀年卡都不太寫的人。我從小看到大的老爹會瞞過我的眼睛，其實以「大西賢也」的身分寫小說這種事絕對不可能。

首先，如果老爹是大西賢也的話，就不能解釋madam的態度了。madam第一次掀開「美晴」門簾時，舉止並沒有那麼可疑。

既然如此，就不是她第一次來的時候，而是隔天在店裡的人，而且是男人。我握緊拳頭，盯著小柳的眼睛說：

「還有一個人是店長。」

餐桌上降臨一股冰冷的沉默。本以為小柳會爆笑出聲或是激動喊著「不可能不可能！」她卻背叛我的期待，理解似地點頭道：

「果然，我就猜會不會是這樣，只有這樣才能解釋一切。雖然我之前是半開玩笑，但我真的覺得妳和店長之間感覺不差，你們兩個一定很合。」

小柳肯定地說。儘管她的論點偏移了，換做平常我一定會一肚子火，但我卻接受了。

我知道自己為什麼會接受。因為我剛看完《雖然店長少根筋》。根據角度不同，這可以看做是店長寫給我或是我寫給店長的一封情書。

至少，這本書將我面對店長時連自己都無法解釋的心情，和那絕不是單純的喜歡卻忍不住在意的自己，清清楚楚攤在眼前。

「雖然店長的確很神祕，但他不可能是大西賢也。」

如果是的話就有趣了……我露出苦笑，心中某個角落泛起失望。小柳一臉不可思議地問：

「不可能？」

「不可能。」

「為什麼？」

「因為大西賢也的年齡。雖然他沒有公開年齡，但出道作《拂過幌馬車的風》是距今二十五、六年前出版的。因為這樣，當時看過他長相的書店店員現在都有些年紀，大西賢也自己應該也超過五十歲了。店長才四十歲左右吧？」

「那就是妳爸爸？」

「不，這更不可能。」

「還有其他可能的男人嗎？」

「沒有。」

「這樣的話，果然就只有一個人了嘛。話說回來，店長真的四十歲嗎？」

「咦？」
「妳問過他本人年紀嗎？」
「不，是沒問過。」
「應該說，告訴妳店長大約四十歲上下的人應該是我吧。那個人真的不可能其實五十歲了嗎？」
腦海裡浮現店長瘦骨嶙峋的身姿。絕對……不是不可能。我本來就不知道五十歲的正確外貌應該如何，總之，這個推論感覺比老爹是大西賢也的可能性高多了。
「不過，會不會是我身邊有誰跟大西賢也是朋友，跟他說了很多我的事呢？」
「有誰是指誰？」
「像是『美晴』的常客石野小姐啦、madam啊，硬要說的話或是妳之類的。」
連我自己也邊說邊覺得不可能。不是因為這樣沒有意義什麼的，而是《雖然店長少根筋》這本書中充斥著滿滿的愛。不認識我的人只是聽別人談起，是不可能寫出那種內容的。
小柳看著一聲不吭的我，重重嘆了一口氣。

「總而言之，應該符合條件的人是店長吧？話是這麼說，但我不覺得他是大西賢也啦，必須一個一個消滅可能性才行。」

「是啊。我會稍微試探一下。那個，小柳——」我下意識喚道，小柳露出溫柔的微笑，側頭看著我。

「什麼？」

「咦？啊啊，就是，我希望妳之後可以回來店裡。」

「嗯？」

「妳一不在店裡就很散漫，而且果然不好玩。拜託妳了，我會和店長談談看的。」

其實，我原本還想再向小柳拋出一個疑問，就是店長頻頻執著的「大西賢也簽名會」。

我應該怎麼看待這件事呢？假設店長是大西賢也的話，意思是他一直利用那些關於簽名會的種種言行在裝蒜嗎？怎麼想也想不明白。雖然不明白，但有件事我很在意。當我在「美晴」跟他說大西賢也是從不公開露面的作家時，店長冷冷地說了這樣的話：

「這不是什麼大問題，因為妳——」

那時，店長想說什麼呢？之後 madam 來到店裡，中斷了我們的對話。那時，店長是不是要說：「（因為妳）現在正這樣在跟大西賢也說話。」

儘管想將這件事告訴小柳，但現在在這裡說什麼也沒辦法解決問題。雖然我突然提出希望小柳復職的請求，她卻意外地沒有擺出難看的臉色。

「這樣啊。辭職後我發現了很多事。服飾業的工作雖然也很愉快，但我果然還是比較適合販賣故事。當然，這不是件容易的事，但如果能回去的話應該會很有趣吧。」

之後，我們跳脫大西賢也的話題，兩人天南地北聊了許多書店界內的事。小柳接二連三拋出嶄新的想法，甚至都是些和武藏野書店改革相關的內容。小柳如果能回來真的會很有趣，我雀躍地想著。

「總而言之，妳送了一個這麼大的人情出去，大西賢也的首場簽名會是必須的。當代暢銷作家執筆二十五年來首度露面是在吉祥寺的小小書店，這絕對很有趣吧？大肆邀請媒體和書迷，把店裡擠得水泄不通，這根本是武藏野書店逆襲的狼煙！」

與露出得意笑容的小柳分別時，已經過十二點了。在朝會上企圖戳店長眼睛，和往來館兩名業務在咖啡店會合，在咖啡店裡收下的樣書太過衝擊，儘管本來沒有那個打算卻不小心一口氣看完了，與最喜歡的前輩聊了各式各樣的事。

無論是腦袋還是身體當然都已經筋疲力盡，但雙腳並不是往公寓而是朝店裡邁進。因為我把化妝包忘在書店裡了。我把化妝包忘在店裡了。我在心中反覆這個藉口。

我利用小柳離職時交給我的主鑰匙潛進深夜的書店。辦公室裡一張孤零零的桌子，不知從何時開始便放滿了店長的個人物品。

老實說，我是半信半疑的。不，如果可以這樣形容的話，應該是一信九疑。店長果然不可能是大西賢也。我要找出可以證明這點的東西……找出他沒有在寫什麼小說的明確證據……

我抱著這樣的想法翻找書桌時看見了某樣東西。那是某次朝會店長熱情介紹的自我啟發書——《為沒有幹勁的員工種下服務精神 優秀領導人的77個法則！》，作者竹丸 tomoya 寫了這本書後便從市場上消失了。

「還沒看完這種東西啊。」我自言自語，拿起那本貼滿便條紙的書，不自覺地翻了翻。一股說不清源頭的不對勁纏繞著我。

我茫然站立，為了找出原因，翻回最初的頁面，上面有六個特別用心標記的地方。

我一個個讀下去，全部看完後，覺得腦海天翻地覆，湧上一股噁心感。

．**〈法則8〉扭轉想離職員工的心意〉**

↓向該名員工展現自己比對方更想離職的樣貌吧。請勿隨隨便便挽留，溫柔地向員工傳達「你很重要」的訊息。

．**〈法則19〉為員工的不滿解毒〉**

↓這很簡單。讓員工看到你發怒的樣子。發怒對象必須是職等比你高或是地位崇高的人。請盡可能在大庭廣眾下發怒，給心懷不滿的員工一個一吐為快的機會或許也不錯。

．**〈法則38〉為員工植入歸屬感〉**

↓展現你對所屬團隊的忠誠。員工很容易不小心就忘記自己處於一個很棒的環境。由你帶頭，表現出對團隊或是團隊首長的愛，自然而然就能培養員工喜愛公司的精神。

．**〈法則50〉讓即使如此還是沒有幹勁的員工認真起來〉**

↓這種時候，唯一能做的就是大聲喊出你對員工的愛！在其他員工或是一群陌生人面前，光明正大地對員工說：「加油！」見證者越多效果越卓越。

．**〈法則66〉讓容易放棄的員工不要放棄〉**

↓由你親自實現員工認定絕不可能的事。愈是高聳的高牆，攀越後的心情愈好。請務必讓員工也體會這種感受。

・〈（法則77）**給最孤獨的你療癒**〉

↓我想，各位讀到這裡一定會覺得自己為什麼非得裝瘋賣傻到這個地步吧？不過沒關係，你的聰明能幹一定能傳達給員工。如果員工蠢得即使這樣還是察覺不到的話，就利用朝會時間，設法安排對方看到這本書吧（笑）。在扮演小丑的過程裡，你的團隊應該會變得更加堅固。所謂真人不露相！讓我們一起創造出優秀的團隊吧。祝你好運！

「這是，什麼……這是，什麼……這是，什麼……」深夜，在空無一人的辦公室，我不知道說了幾次這句話。

整本書直到最後一頁都像偏差值低的考生參考書一樣，幾乎所有句子都畫了重點，但感覺連這點或許也是「真人」的手法。

這一切都是我經歷過的。最初要調查店長是否是大西賢也的目的已經消失得無影無蹤，我只是一個勁地瞪大眼睛，結果又找到了某樣東西。

是我曾看到店長在「美晴」筷袋上寫下的筆記。石野惠奈子的名字旁標記了羅馬拼音「ISHINO YENAKO」。

我還記得店長寫這些字的那一天，那是我第一次見到石野小姐的日子。

當時，我只覺得店長又開始在做莫名其妙的事了，現在卻強烈覺得有哪裡不對勁。起因是我發現他將「惠奈子」的「惠」標成「ＹＥ」而非常見的Ｅ。而這個發現，成了解開所有疑點的線索。

心臟撲通撲通發出巨響，我拚命摀住嘴巴，忍耐就要洩漏的聲音。那瞬間，有人從背後喊了我的名字。

「啊啊，原來是谷原京子啊，晚安。這麼晚了，妳在做什麼？我看辦公室的燈亮著，有點擔心才過來看看。」

他是什麼時候在那裡的呢？黑暗中，店長獨自佇立，他笑咪咪地一步步向我靠近，恐懼令我不停發抖。只截取這一瞬間畫面的話，就像是終於暴露真實身分的凶殘罪犯以及因為好奇心而不小心知道真相的可憐小羊。

有一瞬間，我是認真在確認店長手上有沒有握著刀子。儘管當然沒有那種東西，身體還是止不住顫抖。

當店長來到我面前時，微弱的逆光令我看不清他的表情。

「剛好，我有件事一定要跟妳說。不過，妳的觀察力很好，應該已經察覺到了吧？」

「咦，什麼……？察覺到什麼？我什麼都不知道！」我裝蒜。不知為何，店長像偶像劇一樣輕輕朝我的腦袋敲了兩下。

全身竄起雞皮疙瘩。我已經分不清那是因為終於要揭曉祕密的恐懼，還是單純覺得噁心了。

感覺得出來店長在微笑。

「谷原京子，妳仔細聽好，其實我——」

當那張直到昨天我都只覺得很輕浮的笑容開口時，我臉上是什麼表情呢？店長究竟是誰？

是聰明能幹還是平凡無奇？

大西賢也到底是誰？

所有的疑問就像沸騰的黑暗火鍋，胸口發出咕嘟咕嘟的滾滾氣泡聲。

無論誰是誰，是善是惡，論點是否成立我都不明白。那一夜，我體驗到人生中前所未有的混亂。

※

武藏野書店吉祥寺總店掛起了很不搭的布條。

「《雖然店長少根筋》熱賣紀念！大西賢也 座談簽名會」

在「大西賢也」和「座談簽名會」之間，「首次！」兩個字以漫畫對話框的形式蹦了出來。

雖不是人人都能參加，但由於簽名會決定在書店打烊後舉辦，店裡擠滿了前所未有的人潮，媒體的相機數量也遠遠超乎我們的預期。

想出這個點子的我們「店長」，握著麥克風站在讀者面前。好幾臺相機閃起閃光燈。就連平常總是一副從容坦蕩的店長，今天也露出了緊張的神情。

「呃，各位大西賢也老師的書迷、媒體朋友、還有極少數武藏野書店的常客，感謝大家今天不介意在這麼晚的活動時間，齊聚一堂——」

小小的吐槽精采地發揮效果，店裡被溫和的笑聲包圍。我在會場最後面的空間鬆了一口氣，有人拍了拍我的肩膀。

回過頭，我嚇了一跳。

「咦？富田老師？你怎麼來了？」

不知為何站在那裡的富田曉盯著我，眼角垂了下來。

「我沒跟妳說過嗎？我是大西賢也的超級粉絲。今天是偷偷報名參加的。」

「咦——你要跟我說啦。這樣的話，至少幫你預留座位。」

「不不不，那是不可能的。」

「不可能？為什麼？」

「因為我比誰都清楚，妳不是那種會偏心的人。」

我完全了解富田曉這句話的意思。

「那個，富田老師，再次恭喜你得到本屋大賞。」

「我說過好幾次了，這都是託妳的福。」

「我也說過好幾次了，沒這回事。」

「不不不，因為——」

今年的「本屋大賞」第一名是富田曉的《約定好的鄰居》，第二名則是大西賢也的《雖然店長少根筋》。

值得一提的是，今年的「本屋大賞」是史上罕見的超級拉鋸戰，前兩名竟然只相差「1」分。也就是說，只要有一個人把票上的第一名和第二名交換的話，最終順位便會逆轉。

我當時當然不知道這種事，將第一名投給了《約定好的鄰居》。富田曉自出道作《前所未有的伊甸》以來，作品經常給人一種「矜持」的拘束感，而這個跟書名一樣毫不矯飾的愛情故事，正是他昭示的一種決心。

我從橫濱約會聽富田曉提起時就非常期待，而他寫了一本遠遠超乎我期待的傑作。所謂的「不會偏心」，指的就是這件事吧。《雖然店長少根筋》是作者送給我的應援曲，我寫的推薦文「這是屬於我們——雖然絕不是閃閃發亮，卻拚命掙扎想獲得幸福的我們——的故事。」即使書籍再刷也依然放在書腰上，我卻仍給了它第二名。

我寄給《約定好的鄰居》的推薦文，也很客氣地刊在了「本屋大賞」的小本子上。然後不知什麼原因，那段推薦從第三刷開始又放到了書腰上。

「能夠和富田曉這個小說家處於同一個時代真的是太好了——讀完這本書，讓我再次興起這樣的想法。」

現在無論到哪間書店，在最醒目的陳列平臺上都可以找到「武藏野書店吉祥寺總店 谷原京子」的名字。Liberty 書店的超級店員佐佐木陽子每次在宴會一類的場合看到我，都會壞心眼地喊我：「呦，時代的寵兒。」

當然，我才不是什麼時代的寵兒。我現在依然是個微不足道的書店員，唯一的改變只有一個。

「如何，成為正職員工後有什麼不一樣的地方嗎？」

富田曉露出戲謔的微笑問。

「沒有什麼不一樣。薪水還是一如既往地微薄，在出版界這種狀態下，也不知道書店可以經營到哪一天。也就是說，穩定什麼的都只是幻想。不過啊，有一點倒是不一樣了。」

我稍微頓了一下，點點頭。

「我覺得自己變得更喜歡書了。我開始會這樣想，即使越來越賣不出去，但書籍本身還是會繼續有趣下去。沒辦法將那些書送到讀者手中就算我們輸了。」

「好嚴以律己啊……」富田曉啞然地聳聳肩，接著低語：

「你們店長……應該說是前店長了，山本先生還好嗎？」

「嗯，似乎很有精神的樣子。」

「畢竟他是好好讓妳成為正職員工才調職的，我真的不是那個人的對手呢。」富田曉說道，手裡拿著那本熟悉的《為沒有幹勁的員工種下服務精神 優秀領導人的77個法則！》

我噗哧一笑，搖搖頭。

「你比他還要棒。」

「哈哈哈，真虧妳敢這樣說。」

「是真的。」

「不不不，我不相信。」

富田曉沒有其他意思地爽朗一笑，我則是有些尷尬地皺起臉龐。榮獲「本屋大賞」後沒多久，富田曉再次向我提出交往的請求。

面對這份令人惶恐的告白，我毅然決然地拒絕了。因為，我心裡出現的，是「前」店長山本猛哭得一把鼻涕一把眼淚的樣子。

在我深夜潛進店裡的那個夜晚，店長輕輕朝我的頭敲了兩下，開口說：

「其實我——」緊接著，眼淚便撲簌簌地落了下來。

「我……我……竟然真的決定要調職了！」

「咦？調、調職？」直到前一秒為止我都還嚴陣以待，準備聽店長的真實身分了，現在徹底撲了個空。

店長完全不知道我的心情，落下更大顆的淚珠。

「對，調職。好過分！我原本以為既然要調職的話，至少也是總公司的採購或是董事長祕書室啊，好過分！」

「等、等一下，店長，你冷靜。你要調去哪裡呢？」

「谷原京子，妳知道敝公司董事長是宮崎人嗎？」

「嗯，我知道。不是那個嗎？董事長衣錦還鄉，在宮崎的深山裡開了間武藏野書店，對吧？」

「就是那個。」

「咦？」

「我被調到那裡去了！而且連店長也不是了，是『代理店長助理』這種聽都沒聽過的頭銜。是協助代理店長的工作喔。話說回來，那種荒山野嶺，店裡是有幾個人啊！」

最後，店長蹲坐在地，雙手掩面哇哇大哭了起來。回過神才發現，我就像哄小孩般地撫著店長的背。「我想一直待在第一線」、「對升官發財沒有興趣」、「就算不是總店也沒關係」、「我也不要店長這個頭銜」、「我想一直待在書店裡」……全都是店長曾經說過的話。

直到現在，我還是摸不透店長是聰明還是傻瓜，是不是「真人不露相」的真人。唯一明白的是，就像《雖然店長少根筋》裡面已經寫下的一樣，店長可愛得不得了。

就在我想著這些事時，武藏野書店吉祥寺總店引以為豪的「新」美女店長，小柳真理喚出了本日的主角。

「那麼，讓大家久等了，我們有請大西賢也老師登場吧！」

店裡瞬間鴉雀無聲，緊接著颳起了爆炸般的熱情。書迷驚嘆的聲音、工作人員熱烈的掌聲、此起彼落的快門……

我們從一開始就告訴大家可以自由拍照。我夾在眾多舉起手機的書迷間，也將大西賢也的初次露臉收在了相機裡。因為，在宮崎奮鬥的代理店長助理拜託我傳給他。

看著朝大家鞠躬的大西賢也，我露出滿足的笑容。那晚，當我發現店長的筆記將「惠奈子」的「惠」標記成「ＹＥ」的時候，腦海中一口氣跑過的是大西賢也《早乙女今宵的後日談》其中一段。

主角榎本小夜子（EMOTO SAYOKO）的名字，其實是書中的小說家，早乙女今宵（SAOTOME KOYOI）的變位字謎。當初，包含這個推理手法以及字謎裡少了「I」這件事在內，我都看得很不起勁。我作夢也沒想到，這個伏筆竟然會以這種形式收回。

我在訊息裡附上照片，只寫了大西賢也的羅馬拼音「OONISHI KENYA」，抬起頭，和大西賢也目光交會。大西賢也……長久以來以石野惠奈子（ISHINO YENAKO）的身分和我相處的大師，綻放出溫柔的笑容。

「大家好，初次見面，我是大西賢也。很感謝各位今天為了我聚集在這裡。我剛剛跟店長商量過，請她讓我指定今天這場座談會的談話對象。讓我們請拙作《雖然店長少根筋》的主角——谷口香子的原型，也就是武藏野書店的新興超級店員，谷原京子上臺！請各位掌聲鼓勵！」

在場的人隨著石野小姐的趁勢胡鬧起舞，目光一起投向我。雖然瞬間的緊張令我身體發顫，但危機時刻那個人一定會來幫我。

我求救地看向手機，前店長傳來了回覆。

『咦？咦？為什麼石野惠奈子小姐會在那裡？大西賢也呢？咦？怎麼回事？妳們那裡到底發生什麼事了⁉谷原京子，到底是怎麼回事！』

我不懂店長。這個人不是早就知道大西賢也真實的身分了嗎？不是看穿石野惠奈子就是大西賢也了嗎？否則，那個「YENAKO」的筆記是怎麼回事？

正當我思考這些問題時，第二封訊息緊接著傳了過來。訊息裡夾帶一張照片，是前店長和madam的兩人合影。文字是這樣的：

『和大分女人幽會中。宮崎男人YAMAMOTOTAKERU（註3）』

我真的不懂店長。為什麼madam會在宮崎呢？為什麼他要用羅馬拼音署名呢？腦中不斷冒出問號。

此時，我身後的富田曉突然驚聲喊道：

「哇，好厲害！這也是變位字謎！」

富田曉不客氣地瞄著我的手機，接著，他指的「YAMAMOTOTAKERU」應聲崩裂，漂亮地換成了「TAKEMARUTOMOYA」。

富田曉手中那本書《為沒有幹勁的員工——》的作者，竹丸tomoya（TAKEMARUTOMOYA）……喂！給我等一下。這到底是怎麼回事!?

我越來越搞不懂店長了。唯一明白的是，我似乎可以提供後續題材。

大西賢也的超級暢銷書第二集，書名就叫做，前店長……

不，就叫《雖然代理店長助理少根筋》吧。

註3 為店長本名「山本猛」的日文羅馬拼音。

本書為《Rentier》雜誌二〇一八年五月號至二〇一九年三月號間，作者連載內容修改潤飾後的作品。

國家圖書館出版品預行編目資料

雖然店長少根筋 / 早見和真作 ; 洪于琇譯. -- 一版.
-- 臺北市 : 城邦文化事業股份有限公司尖端出版 : 英屬蓋曼群島商家庭傳媒股份有限公司城邦分公司尖端出版發行, 2021.04
面 ; 公分
譯自 : 店長がバカすぎて
ISBN 978-957-10-9401-4 (平裝)

861.57　　110001102

潮流文學

雖然店長少根筋（原名：店長がバカすぎて）

著者／早見和真
發行人／黃鎮隆
副總經理／陳君平
副理／洪琇菁
執行編輯／丁玉霈
美術監製／沙雲佩
譯者／洪于琇
美術編輯／李政儀
企劃宣傳／邱小祐、劉宜蓉
國際版權／黃令歡、梁名儀
文字校對／施亞蒨
內文排版／謝青秀

出版／城邦文化事業股份有限公司 尖端出版
台北市中山區民生東路二段一四一號十樓
電話：（〇二）二五〇〇－七六〇〇
傳真：（〇二）二五〇〇－二六八三
E-mail：7novels@mail2.spp.com.tw

發行／英屬蓋曼群島商家庭傳媒股份有限公司城邦分公司 尖端出版
台北市中山區民生東路二段一四一號十樓
電話：（〇二）二五〇〇－七六〇〇（代表號）
傳真：（〇二）二五〇〇－一九七九

中彰投以北經銷／楨彥有限公司（含宜花東）
電話：（〇二）八九一九－三三六九
傳真：（〇二）八九一四－五五二四

雲嘉經銷／智豐圖書有限公司 嘉義公司
電話：（〇五）二三三－三八五二
傳真：（〇五）二三三－三八六三
客服專線：〇八〇〇－〇二八－〇二八

南部經銷／智豐圖書有限公司 高雄公司
電話：（〇七）三七三－〇〇七九
傳真：（〇七）三七三－〇〇八七

香港經銷／一代匯集
香港九龍旺角塘尾道六十四號龍駒企業大廈十樓B&D室
電話：（八五二）二七八三－八一〇二
傳真：（八五二）二七八二－一五二九

新馬經銷／城邦（馬新）出版集團Cite（M）Sdn. Bhd.
E-mail：cite@cite.com.my

法律顧問／王子文律師　元禾法律事務所
台北市羅斯福路三段三十七號十五樓

二〇二一年四月一版一刷

■中文版■

郵購注意事項：
1. 填妥劃撥單資料：帳號：50003021戶名：英屬蓋曼群島商家庭傳媒(股)公司城邦分公司。2. 通信欄內註明訂購書名與冊數。3. 劃撥金額低於500元，請加附掛號郵資50元。如劃撥日起 10～14日，仍未收到書時，請洽劃撥組。劃撥專線TEL：(03) 312-4212 ・ FAX：(03) 322-4621。E-mail：marketing@spp.com.tw

illuminati，光明會……？拉丁文原義指的是啟蒙、開化。近代後，有許多祕密結社以此為名，被認為與諾斯底元素、聖殿騎士團、錫安會、阿薩辛派、共濟會等有所關聯。（Wikipedia）

在日本，光明會因丹・布朗所著的《達文西密碼》與其前傳《天使與魔鬼》廣為人知，許多牽扯陰謀論的說法指其至今依然存在，統治整個世界等等。

第一話　雖然店長少根筋　回歸

店長回來了。

從敝公司董事長只是為了展現衣錦還鄉而在宮崎深山中開的書店回來了。回到我所在的武藏野書店吉祥寺本店。

山本猛店長回來了。

本以為，店長一定很開心。

然而，店長卻沒有一絲欣喜的樣子。

店長兩年左右沒有回來東京了。聽聞，他在宮崎吃了年輕店長不少苦頭，一直是那個「代理店長助理」的身分，有志不能伸。昨晚，就連我也有些激動得睡不著，店長卻一副若無其事的樣子。

我帶著緊張的心情敲了敲辦公室的門，躍入眼簾的，是攤開文庫本，一臉肅穆的店長。

「啊啊，谷原京子，早安，妳來得真早。」

那句像是我們昨晚才剛道別的問候令我有些不知所措。更令我吃驚的是，說著這句話的店長，臉頰滑落了斗大的淚珠。

「請問，你在看什麼書嗎？」這是我和店長睽違兩年相見後的第一句話。

店長動作誇張地讓我看他右手上的書。

「我在看這個。妳知道這本書嗎？」

我當然知道。應該說，沒有書店店員不知道這本書吧？丹・布朗的《達文西密碼》在全世界創下好幾百萬本的銷量，店長手中的正是那本書的前傳——《天使與魔鬼》。

作者在這本書裡設計了重重機關，刺激讀者想更進一步了解的好奇心。還記得國中時的，我在學校圖書館裡飢渴地翻遍所有相關書籍。

「是，我知道。」

「我之前不知道。」

「什麼？」

「在這次人事調動的連假中，我和姊姊一起去掃爺爺的墓。」

「啊……」

「我是第一次去。」

「去哪裡？掃爺爺的墓嗎？」

「掃墓當然也是啦，但說起來我是第一次去梵蒂岡這個國家。」

鬱悶。

跟這個人說話總而言之就是鬱悶。

我久違地想起這件事。

「這樣啊，梵蒂岡有您祖輩的墓啊。」我帶著怎樣都已經無所謂的心情問道。

店長迷茫地瞇起雙眼。

「我在那裡聽姊姊說了很多事。啊，話說回來，這個姊姊我也是在那邊才第一次見到，不過那是另一個故事了。總而言之，她跟我說的每一句話都讓我好驚訝，老實說，我根本跟不上她說的內容。但姊姊像是非常了解我心情似地頻頻點頭，跟我說先看就對了。」

「啊？看什麼？」

「就是《天使與魔鬼》啊。」

「為什麼？」

「她說，裡面記載了我……記載了山本猛的根源。說的更明白的話，是寫了山本家歷代守護的祕密。」

店長像翻閱一本價值連城的古書般小心翼翼地打開《天使與魔鬼》給我看。在某一頁的某處，紅線執拗地緊貼在文字旁。

「啊？」就在我發出錯愕聲時，辦公室外傳來工讀生磯田真紀子活力十足的問候。

「好，在這裡的日子又要開始了呢——充滿愛與淚水以及奮鬥的日子。谷原京子，再次請妳多多指教囉！」

店長瀟灑地穿上掛在椅背上的外套，快步走向店裡。

我凝視著他的背影。如果允許我這樣形容的話，我的大腦內軟爛成一片，隨波蕩漾。

啊啊，Déjà Vu，好熟悉的既視感。

好久沒有這種感覺了！

我搞不懂店長，完全搞不懂。

我反覆思考，朝離開的店長大聲問道：

「你的意思是你是光明會的人嗎⁉」

真是犯太歲。

不，如果允許我這樣形容的話，應該是「犯店長」。

回想起來，山本猛店長被軟禁在宮崎深山的這兩年，武藏野書店吉祥寺本店的日子過得十分太平——

作者謝誌：無趣的謝詞與無趣的請求

我很討厭電影工作人員名單後的彩蛋，不喜歡將花了兩個小時都說不完的小故事以硬要解釋的方式鉅細靡遺地交代出來。

同樣的，我也不太喜歡小說家在書本最後親自解釋作品內容（雖然這種情況最近大幅減少了，文庫本的導讀是另外一回事）。結果，我卻寫了這樣的篇幅，很抱歉。

首先是謝詞。我喜歡認識人，也最喜歡說話，卻一直不擅長面對書店店員。我覺得一切都是因為「本屋大賞」的關係。每次出版社讓我去跑書店打招呼時，我都會擔心：「啊啊，如果店員以為我在逢迎他們的話怎麼辦……」看著責任編輯一臉若無其事地對店員說：「那『本屋大賞』就拜託囉！」我打從心底對編輯的厚臉皮感到不舒服（雖然也很感謝編輯）。我在故事裡有寫到，這大概也是種自我防衛，不想因為「雖然店員當場笑笑地回應，大賞揭曉時卻沒投自己」這件事而受傷。總之，我很害怕跟書店店員說話，始終不知道該以什麼表情面對他們。

另一方面，我也對自己隨意在書店店員和自己之間設下對立的框架感到不滿。這不是在說漂亮話，我真心認為小說家和書店店員應該站在同一邊，面對相同的方向。在（經常被說）正常情況下規模就已經不斷在萎縮的出版界裡，至少小說家要和店員看著同一個方向，也就是讀者的方向。我對沒有做到這點的自己有著強烈的不滿。該怎麼做才能把書送到讀者身邊？我希望能日夜和書店店員一起討論關於故事的未來。

因此，我下定決心不再畏懼受傷害，主動貼近他們，最後以一種直截了當的形式所呈現的，就是這本書。《雖然店長少根筋》就是根據這群用心的書店店員日常的不平、不滿、抱怨，以及最重要的——對書本的愛而誕生的作品。感覺如果寫出本名會產生各式各樣的問題，所以便以這種方式表現。我由衷地感謝大家。